一千一秒の日々

島本理生

角川文庫 15566

一千一秒の日々・目次

風光る

晴れたら次の土曜日に遊園地へ行こうと言われた。

思わず煮ていた豚肉の灰汁《あく》を取る作業を中断して、振り返った。哲はテレビの前で黙々とゲームをしている。いつもと変わらない横顔だった。

「どうしたの、急に」

そう尋ねると、彼はゲームをする手を休めて
「嫌なら、べつにいいけど」

「嫌じゃないけど、珍しいなって思って」

説明を求めたつもりだったけど、彼がなにも言わずにまたテレビの画面に集中してしまったので、私も鍋《なべ》のほうに視線を戻した。

翌日、大学の昼休みに、瑛子と一緒に食堂でお弁当を食べながらその話をした。

彼女は私の話を聞きながらごはんの上の小梅を口に入れて含んでいたが、フタの端にさらに小さな種だけになったものをそっと出してから
「それはべつに良いことだと思うけど」

と言ったので、私が曖昧《あいまい》な表情のまま黙っていると
「だって最近ずっと、哲君が無気力だとか、まだ若いのに日曜日のお父さんみたいだとか文句を言ってたから」

「そうですね」

抑揚のない返事をしたら瑛子はあきれたような目をして
「なに、その反抗的な敬語は」

なんでもない、と私は首を横に振った。窓際の席は春の日差しが降りそそいで明るい。中庭の桜の枝はもうほとんど花を落としている。お弁当のエビフライは冷めていて少し油っこく、ソースを多めにかけてあまりしっかりと味わうことなく咀嚼《そしやく》した。

午後からは大講義室で宗教史の授業に出席した。プリントになって配られた聖書の一節を目で追いながら、気がついたらその隅の余白に土曜日の計画を書きつづっていた。

教授が教壇の真上に真っ白な大きいスクリーンを用意して、教室内の明かりをゆっくりと落とした。降り始めたか細い雨のように暗闇が学生と古い机と床の上に降ってきて、すぐにイエス・キリストをモチーフにした美術作品のスライド写真が映し出された。

早々と眠り始める学生の寝息を聞きながら、私は計画表を消しゴムで擦《こす》って書き直してはまた擦り、哲と初めて出会った夜のことを思い出していた。

哲と出会ったとき、私たちは高校生だった。新しく始めたバイト先で君と同い年なのは哲君だけだと紹介されると同時に、彼がそっとビールのグラスから顔を上げた。その上目遣いの表情を見た瞬間、自分でもびっくりするほど胸が高なった。

哲はあまり喋《しゃべ》らない上に自分からは積極的に女の子に接しない、少女漫画に出てくるなにを考えているのだか分からない男の子の典型みたいなタイプだったけれど、一緒に過ごすようになってから、本当はとくになにも考えていないから喋らないのだと悟った。だけど基本的にはすごく誠実で真面目で頑固な人だった。

四年間も続いた付き合いの中で彼は浮気らしい浮気もせず、いつもバイトを終えた後に中古の青いバイクで私の家の近くまでやって来た。小さな明かりの灯《とも》った夜の中で、私たちは長い会話とキスを交わしながら、何度夜を明かしただろう。それは彼が高校を卒業してパソコン関係の会社に就職し、私が高校を卒業して一人暮らしをするようになってからも、変わることなく続いていた。

私が実家を出て半同棲《どうせい》のようなことを始めたら、もっと分かりあえて親密な空気や連帯感というものが生まれるかと期待していたけれど、現実は特別なにかが変化することもなく、近すぎず離れすぎずの関係がずっと続いていた。

土曜日の早朝に哲はめずらしく宣言した時間通りに目を覚ました。その一時間以上も前から私が暗い台所でお弁当を作っていたことはこのさい無視する。炊きたてのごはんを握っているうちはまだ青白い薄明かりが広がっていた窓の外も今はまぶしくて、まぶたの上が暖かい。

哲はゆっくりとした動作で浴室へと消えていった。シャワーの音が背後から聞こえ出すと、私は部屋のほうへ戻って彼の着替えをタンスから出した。

いつも食べ終わった後でまだ足りないと文句を言われるので、今日はかなり多めに作ったお弁当を包んで紙袋に入れた。持ち上げると手のひらに食い込む袋の重さに達成感を覚えて少し気分が昂揚《こうよう》した。お弁当を作るなど、さらにそれを持って出かけるなど本当にひさしぶりのことだった。

近頃の休日は、私のアルバイトが入っていたり、哲が友達と遊びに行ってしまったり、揚げ句にはたとえそういう予定がなくてもなんとなく眠っている間に昼を過ぎてしまって、中途半端な二時頃に近所のハンバーガー屋で遅すぎる昼食を取りながらせっかくの休日をムダにしてしまった後悔に苛《さいな》まれるということが多かった。

けれど今日は違う。哲は昨夜のうちに携帯電話のサイトで自分から目的地への行き方を調べていたし、遊園地の特集を組んだ雑誌を書店の店頭で立ち読みしたらしく、そのことを私にぽつり、ぽつりと自分から語っていた。

その穏やかな表情を見ていたら、私の胸はなぜか嬉《うれ》しさよりもざわざわと大量の虫が通り抜けていくような音をたてた。

玄関でお互いにスニーカーを履いて鍵《かぎ》をかけた。哲は踏み潰《つぶ》した靴の踵《かかと》を指ですくうように直して、もともと鋭い目をさらに細めてにらむようにあくびをした。

電車は週末とは思えないほどに空《す》いていた。哲と二人で体を寄せ合って座るとき、いつもおおげさなくらいに安心してしまう。電車の中で時折、押し寄せる小刻みの振動がお互いの右腕と左腕、右肩と左肩を軽く打ち付けてそのたびに服の擦《す》れる音がした。

すぐに哲は眠ってしまい、寄りかかってきた彼に寄りかかって私も寝ようとしたのに上《う》手《ま》くいかない。到着駅が近くなったら自分が彼を起こさなければならないという使命感が身についてしまっている。

不毛な気分で目を開けると、窓の外一面に川が広がっていた。その河原で釣竿《つりざお》を手に座っている人達がよけいに小さく見える。めまいがするくらいに水面が輝いていた。

すっかり川に気を取られていたら、急に駅の風景に遮られ、ドアが開いてベビーカーを押した親子連れが乗車してきた。私は自分の横に置いていたお弁当の紙袋を膝の上に乗せた。

あれは一カ月くらい前のことだろうか。いつものように二人で入浴後にベッドに入って、もうすっかり隅から隅まで暗記しているお互いの体に触れて抱き合っていたら
「ない」

暗闇の中で哲が小声でそう言った。私は一瞬だけ彼のほうを見上げた。

「なくてもいいよ」

と呟《つぶや》いてみた。

哲は返事をしなかった。

本当に聞こえなかったのか、それとも聞こえないふりをしたのか、とにかくその夜の私たちのセックスも一瞬の強《こわ》ばった空気もすべて中途半端にうやむやのままなかったことにされて、眠りにさらわれたのだった。

向かい側の席が騒がしいと思ったら、さきほどのベビーカーの親子が座っていた。哲もふと体を起こしてじっとそちらのほうを見つめた。ほかに乗客が少ないせいか、ベビーカーの中で赤ん坊が両手をばたつかせて泣いたり暴れたり騒ぎ放題なのを、若い夫婦はおっとりとした笑顔であやしている。

そのとき、唐突に哲がニワトリの鳴きまねをした。

赤ん坊はすっと憑《つ》き物が落ちたように暴れるのをやめて目をきょろきょろさせた。私は

少し恥ずかしかったけれど、哲はあいかわらずの無表情でもう一度、同じことをした。

目の前の夫婦はしばしあっけに取られたような顔をしてから、顔を見合わせて笑い出した。その様子を見ながら、旦那《だんな》さんまでちゃんと左手の薬指に結婚指輪をしているのはめずらしいと、赤ん坊に差し出されていた男の人の手を見て思った。

その家族が会釈をしながら電車を降りてしまうと、哲はふたたび眠ろうとしたので、私は彼の右手をそっと摑《つか》んで持ち上げた。

「どうした?」

「いや、やっぱりこの手に指輪は無理だろうなあって思って」

彼は思い出したように苦笑した。哲の指は太くて短い。そうやって描写にしてしまうとまるで色気がないのだけど、実際にそうなのだから仕方ない。付き合ってすぐのクリスマスにはおそろいの指輪を買おうとしたものの、俺の手は死ぬほど指輪が似合わないよ、という言葉と共にあらためてこの指を見せられあきらめた、そういう手である。

「べつに、指輪なんてしなくてもいいだろ」

「そうだね」

なんだか確認するように相槌《あいづち》を打ち合ってから、私はふと眉《まゆ》を寄せた。結局あのときに私だけが買ってもらった指輪は、四年の歳月を経て傷や汚れが増えてきたところに化粧台の奥にしまわれることが多くなった。果たして引き出しの一番下だったか、その一つ上だったか思い出せない。

帰ったら布に歯磨き粉をつけて磨こうと思った。傷はどうしようもないけれど、色艶《いろつや》を取り戻せば少しは違うふうに見えるだろう。


ホームから見えた遊園地はとにかく広くて、駅から入り口まででも相当な距離があった。園内に入ってしまうと私たちはすぐに適当なベンチを探してお昼を取ることにした。人形の家具みたいな白いテーブルと椅子を発見して、遠くのほうからこちらへ向かっていた親子連れよりも一瞬だけはやく荷物を置いた。私たちは向かい合って座り、持ち込み禁止の文字が視界の隅をちらつく中、テーブルの上にお弁当を広げた。

魔法瓶の中の紅茶を哲につぐと二人の間に湯気が舞い上がった。たらこのおむすびは中身の味がごはんに馴染《なじ》んでちょうど良い塩加減になっている。

食事をしているときの哲はいつも楽しそうな顔をしている。作った側の人間も楽しませる表情である。

「意外に混んでないな」

彼が卵焼きをさした爪楊枝《つまようじ》を片手に言ったので、私もまわりを見回した。

「そういえば、そうかな。最後に来たときにはもっと混んでいて、一つの乗り物に二時間近く待った覚えがあるけど」

「二時間？　考えられない」

哲は眉を寄せてそう言った。私はリンゴを齧《かじ》った。リンゴの表面はかすかに塩水の味がしてしょっぱい。よく嚙《か》むほどに濃い甘さが口の中に広がってくる。

「哲は最後に来たのっていつ？」

来たことないよ、という返事につかの間、私はあっけに取られた。となりのテーブルからキャラクターの形をした風船が飛び上がって、それを追うように子供が声をあげた。

「東京に住んでいて、その齢《とし》までここに来たことがない人っていたんだ」

素直に驚いてそう言ったら、途端に哲はむっとしたように

「なに、おまえ。馬鹿にしてるの」

そう言って不機嫌そうな表情になったので、私は慌てて首を横に振った。

「べつにそんなことは言ってないけど、めずらしいなあ、と思って」

「そういうおまえだって、まだ『タイタニック』は見ていないくせに」

「それはあえて見ないようにしているの。そういうスタンスなんです」

「客の来ない映画館にばっかり行って満足するのはやめなさい」

私は憮然《ぶぜん》として牛肉を巻いたアスパラを口に入れた。

哲は私が押し黙ったので満足そうな顔をしていたけれど、お弁当を食べ終わった後もずっと私の表情が変わらないように見えたのか、ちょっと顔をしかめて
「もしかしてまだ怒ってる？」

まるで自分のほうが怒ってるような顔でそう尋ねた。

「怒ってないよ。考え事をしてただけ」

「おまえは本当に頑固だな」

こちらが思っていたことを彼が先に言ったので、私は思わずきょとんとしてしまった。

「最後に来たのが、まだおばあちゃんが生きてるときだったなあって思って」

「そうだったっけ」

「まだ哲とは付き合う前の話だよ」

私は空になったお弁当箱を元どおりに紙袋にしまいながら言った。

「亡くなる前の何年間か、ずっと体の調子が悪くて」

私の言葉を哲はただ黙って聞いている。こういうときの彼はいつも目の奥に困っているような気配を浮かべていて、一瞬、私はやっぱりこの話はやめようかと思ったけれど、そのタイミングも摑めないので話を続けた。

「一緒に遠出できるのは最後かもしれないって家族中が思ってたんだよね、たぶん。お父さんが企画して、この近くのホテルも予約して」

そう言って、私は空中を旋回する飛行機のような乗り物を指さした。

「おばあちゃん、他のやつは下で見てるって言ってたんだけど、あれにだけは乗ったんだ」

こういうときに、たとえ相手の気持ちはよく分からなくてもとりあえず深刻そうな表情を作ることすらしない哲を、私は尊敬しているような、ほんの少し憎らしくも感じるような、そういう入り混じった気持ちで見てしまう。

「空中でお姉ちゃんと一緒に手を振って笑ってた姿を今でもよく覚えてる」

そう言って椅子から立ち上がったら、哲もつられたように立ち上がった後で、かなり遅れて私の頭を撫《な》でた。子供や小動物に興味がないという顔をしながら、彼は通りすがりの子供をあやしたり（むしろ驚かしたりと言うべきかも知れないけれど）、そういう小さなものを愛《め》でているような触れ方をする。そういうときの彼の手の動きは柔らかい。

私は少しだけ戸惑ってから、軽く目を細めてその手の感触に意識を集中させた。こういう彼に出会うのは久しぶりだという気がした。

疲れてる、うっとうしい、眠たい。彼が就職したばかりの頃は口にされるたびに嵐のように動揺して何倍も過剰な言葉を返していた。今ではすっかり慣れて、そう言われると逆にすっと体の中で潮がひいていくような感覚を覚える。暗いベッドでどちらかが背を向けて眠るようになってから、揉《も》め事もないけれど感動も減った。

「俺たちも宙に浮かぶか」

そう言われて、私は頷《うなず》いた。彼は私の手からだいぶ軽くなった荷物を取ってから、ふとジーンズのポケットから携帯電話を取り出して画面を見た。それからすぐにメールを打ち返してふたたびポケットにおさめた。私はそちらを見なかったふりをして歩き出した。乾いた青い空の下で回る子供たちは、今日もみんな地上に向かって手を振っている。

日が暮れかけると急に園内の暗闇が濃くなった。昼間のうちはそんなに意識しなかったアトラクションの明かりが強く浮かび上がって、もともと大きかったものがさらに大きくふくらんだ気がした。青い夜空に月が浮かんでいて、少し肌寒くなってきたために私はカバンからカーディガンを一枚取り出して羽織った。

それでもいっこうに客足は遠のくことなく、夜のパレードのために園内の中心に集まり始めた群れは数え切れないほどの足音を響かせていて、私たちは少し離れたところでそれを見ていた。

「帰ろうか」

汽笛のように鳴り始めたオーケストラの音楽を耳にしたとき、哲が言った。

「そうだね」

私も同意した。このまま一日の終わりを見てしまうことでなにかが失われてしまう気がした。

私たちはすっかりひとけがなくなってガラガラに空《す》いた出入り口を抜けた。またのおこしをお待ちしております、という高い声が背後から聞こえてきた。

駅のホームで楽しかったと言いながら、なんとなく手をつないで立ち尽くしたまま電車が来るのを待っていた。

「なにか動いてる」

ふいに哲がそう言って薄暗い線路を指さしたので、私もその先にじっと目をこらした。たしかになにか小さな動物が動き回っている。

「本当だ。ねずみだ」

電気スタンドのコードにも似た細長い尻尾《しっぽ》の先まで確認してから私も言った。ねずみは線路の隙間をちょこまかと歩き回っている。灰色の毛並みは当たり前だけど汚れていて、それをじっと見ていた私はふとおそろしい気持ちになって顔を上げた。遠くのほうからホームに向かって電車がやって来る。風の鳴る音がして、私が哲のほうを見ると、彼もじっとこちらを見つめ返した。

さっきまでねずみのいた線路の上に、一瞬で、電車は滑り込んできた。ぞっとして哲の手を強く握った。考えるよりも先に寒気が背筋を素早く走り、腕に鳥肌がたった。

次第に車輪の回転速度がゆっくりと落ちて、私たちの正面よりもちょっと右寄りにドアがずれ込んだところで電車は停止した。

私たちはしばらく言葉を失ったまま車内に乗り込んだ。私がまだ軽くショックを受けている横で、哲は乗り込んだほうとは反対側のドアから電車の下をのぞき込んだ。そこはさっき、ちょうどねずみが電車に轢《ひ》かれて死んだはずの位置だった。

電車がふたたび夜の線路を走りだしたとき
「これからどうしようか」

哲が言った。私は窓の外を見た。窓から見える街の光はどうしていつもこう遠く感じるのだろう。

「久しぶりに外出したし、明日は日曜日だし」

自分の言葉に違和感を覚えながらも私は続けた。

った。


「どこかに泊まろうか」

「俺も同じことを考えてた」

哲があっさりとそう言ったので、私は心の底からほっとして、彼の手をふたたび強く握った。


私たちは中央線沿線のある駅で降りて、裏道にひっそりと建てられた妙に清潔感のあるラブホテルに泊まった。

そこはゲームやジェットバスみたいな新しい設備はとくになにもないけれど、出窓にかかったカーテンの色やベッドサイドのテーブルに飾られた花がやけに地方のペンションみたいな雰囲気を漂わせている。そこで、やっぱりいつものように抱き合い、せっかくラブホテルに来ているのだからというちょっと貧乏臭い気持ちに追い立てられるようにして二回ほどしてから、たとえ三人いても広すぎるベッドと大きな枕に顔を埋めた。

「花火大会のときみたいだねえ」

私が言うと、彼も懐かしそうに目を細めた。

「そうだな。あのときに初めて二人でラブホテルに入ったんだっけ」

「ひどい台風で、花火とカミナリが一緒に光ってて」

「浴衣《ゆかた》だと走れないから俺が担いだんだよな」

「あれはね、本当に嬉《うれ》しかったよ」

びしょ濡《ぬ》れの河原から駅までの混雑した道を、私を抱きかかえて走った哲の体力には目を見張るものがあった。初めて彼と寝たときよりもさらにもっと男と女の体の違いというものを強く実感した。あわてて店を片付けていた的屋《てきや》のおじさんたちが冷やかすように笑っていて、普段はそういうことにすぐ怒る哲があのときになにも反応を示さなかったのは、よほど、それどころではなかったのだろう。

そんなことを思い出して彼の耳元でとりとめなく喋《しゃべ》っていたら、言葉の途切れ目で彼はなぜか少し悲しそうに笑ってから、壁のほうに寝返りを打った。

私も話すのをやめて目を閉じた。


翌朝はまた晴れていた。直接は光の入らないラブホテルから出ると、自分が知らない間にものすごい早さで時間が流れてしまったような錯覚を覚える。まだ少し冷気を含んだ風にさらされた頬が痛かった。どうしてホテルの中はあんなにいつも乾燥しているのだろう、そう文句を言いながら哲と一緒に帰った。

マンションの前まで来たとき、私が楽しかったと告げて笑うと、哲はまっすぐな目でこちらを見ていた。泣きも笑いもせずに、出会ったときに一目でひかれた、あのなにを考えているのだか分からない顔で。

そんな顔をしてもダメだよ、と私はうつむいて思った。四年という月日はけっして短くはないのだから、もうどんなに冷静な表情をしても考えていることなど手に取るように分かってしまう。

「やっぱりダメみたいだ」

哲は言い、私はまだ反論したかったけれど、息が詰まってなんの言葉も出てこなかった。遊園地で二人きりでいる真っ最中に、だれにメールを送っていたのかと責め立てたい気持ちもあふれ出す手前でどこかへ流れた。

「俺たち、ずっと終わったことばかり話してさ」

「分かってる」

私は首を横に振って彼の言葉を遮《さえぎ》った。いつから決めていたことだったのだろう。昨夜、私の裸の背中を撫《な》でながら、そんなことを考えていたのだろうか。

だけどどんなにあせって考えてみても、今すぐ哲に言いたいことや喋りたいことはもうなにもなかった。黙ったまま彼の手から荷物を受け取った。

自分の荷物はかならず後で片付けに来ると言い残して、哲は白い日差しの中を帰っていった。私はその後ろ姿をじっと見つめながら手を振っていた。マンションの花壇で沈丁花《じんちょうげ》が甘い香りを放っていた。わざわざ楽しかったことや悲しかったことを考える間もなく涙は流れた。私はそのまま泣き続けた。彼が好きだった過去のために泣いた。彼のことが好きだった自分のために泣いた。

泣いている自分の輪郭まで明るさに溶けていくように思えた、そんな風光る朝に私は大好きだった恋人を見送った。

七月の通り雨

遠山さんが現れたのは千秋楽の夜だった。

大学の劇団が週末に行った夏公演は、プロになった卒業生の脚本だったこともあって客入りはとても良かった。私も一応は舞台化粧のままロビーに出て、帰っていく観客にあいさつをした。ただし友達の真琴は初日に来たので、ほかに私の招待客の姿はない。劇団のリーダーである小菅《こすが》さんからは集客力のないやつだと苦笑いされていた。

そのときロビーにひときわ大きな花束を抱えた、痩《や》せて背の高い男の人が立っているのを見つけた。百合《ゆり》やかすみ草や小さなバラを何種類も合わせた豪華なもので、出演者の恋人だろうかと遠目からながめていたら、ふと目があった。

途端に彼が早足でこちらへやって来たので、私は警戒して壁際に後退した。

彼はかまわず目の前まで近寄ってくると持っていた花をこちらに出しながら
「佐伯瑛子さんですよね」

私もあっけに取られたが、周囲の人々はさらに驚いたようで、わずかに喋り声がやんだ。

「どちらさまですか」

ようやくそれだけ言うと
「ドイツ文学科の三年で遠山宗一といいます。小菅さんに招待されて初日に来たんですけど、それから毎日、佐伯さんが見たくて通ってました。俺と付き合ってください」

そんなことを早口に告げられて唖然《あぜん》とした。私は目の前の花束を押し返して
「悪いけど間に合ってますから」

そう返したら、一瞬だけきょとんとしたように目を見開いてから、引き下がるどころか笑い出したので、私は憮然《ぶぜん》とした。

「だけど付き合ってる人はいないみたいだって小菅さんから聞きましたよ」

「付き合ってる人はいなくても、あなたとは付き合えないっていう意味です」

軽く声を荒げてしまったのに、彼は平然としている。妙に柔らかい感じの眼差《まなざ》しが、なんだか小馬鹿にされている気がした。

「それじゃあせめてこの花は受け取ってください。カードに俺の番号とアドレスが入ってますから。今度、食堂で一緒にごはんでも食べましょう」

そう告げてから遠山さんは半ば一方的に花を押し付けて去っていった。ロビーに残っていた観客が私を見て軽く耳打ちしたり笑ったりしている。思わず周囲をにらみつけていたら、小菅さんが無邪気な笑顔でやって来て

「高校時代の後輩でさ、佐伯さんのことを聞かれたからいろいろ教えちゃったけど、べつにいいよね。ああいう思い込みの強いファンはいくらでも働くから便利だよ」

と肩に手を置かれたので、私は無言でその手を振り払った。

たとえば大学内の小さな本屋にだって恋という単語は溢《あふ》れているのに、私の中にその言葉がないのはなぜだろう。

文庫の棚から『フラニーとゾーイ』を取りながら考える。棚に並んだ本の腰巻きにはどれも恋愛小説という文字が唯一の取り柄のように大きく印刷されている。

会計をすませていると、堂々とレジの真横で立ち読みをしていた真琴が雑誌を閉じた。

「どうしてみんな恋愛小説に感情移入なんてできるのかしら」

私が呟《つぶや》くと、彼女は笑った。また唐突な話が始まったという顔だ。

「他人の書いたものなのに、泣いたり、感動したり。本当にどうしてなのか分からない」

外に出ると、もう日が暮れかかっているというのにまだ蒸し暑かった。顔におおいかぶさってくる湿気がうっとうしいほどだ。私たちは正門を出て、大学のすぐ裏のビルの地下にある『蜂の巣』というダイニングバーに足を運んだ。

店内は薄暗く、カウンターだけオレンジ色の照明が照らしている。真琴は席に着くと真剣な顔でメニューを開いた。

奥からアルバイトの針谷さんという男性が飛び出してきて、嬉《うれ》しそうにチーズとピスタチオのお皿を運んできた。

「これ、サービスです」

「いつもありがとうね。針山君」

「真琴さん、僕の名前は針谷です」

彼が困ったように指摘しても真琴は真顔のまま、私のカンパリオレンジと自分のジントニックを頼んだ。厨房《ちゅうぼう》から店長の嵯峨《さが》さんが出て来たので、針谷さんは慌てたようにカウンターに戻った。

針谷さんがシェイカーを振り始めた途端、カウンターの席に座っていた男女が驚いたように噴き出した。針谷さんは無表情のままおそろしい早さで小刻みに手を動かしている。

太っている人というのは、太っていく途中の過程で気付かないのだろうか。体の大きな針谷さんが店内を動きまわっていると、時折、床の植木鉢や壁に掛かった時計にぶつかって物が落ちたり倒れたりする。なのに、この店は狭いからなあ、などとその物に向かって平然と言い放つ姿を見ると困惑してしまう。いったいどういう自己主張なのだと言いたくなる。

「瑛子はあいかわらず男の人にきびしいね」

真琴は運ばれてきたガーリックライスをお互いの小皿に取り分けながら言った。

「べつに、そういうわけじゃないけど」

上手《うま》く反論できずにカンパリオレンジを飲んだ。針谷さんは苦手だが、この店のカクテルはちゃんと生の果物を絞っていておいしい。

「あいかわらず、気になる人もいないの」

「いないわよ。どの人も毛深かったり下品だったり、淡泊なふりして親密になると途端に性的な雰囲気を持ち出そうとしたり」

言いながら、途中で言葉に詰まる。理論的に否定する言葉を持ち出す必要もないほど自分が男の人を必要としていないことにふと気づく。

「そっちこそどうなの。もうまったく哲君と連絡はとってないの」

一瞬だけ彼女が困ったような顔をしたので、すぐに聞いたことを後悔した。私はいつも相手が触れてほしくないことを突いてしまう。

「あの人、荷物は片付けに来るって言ってたくせに、あれから音沙汰《おとさた》なしなんだよね」

私が顔をしかめると、だから加納君に車を出してもらった、と彼女は続けた。

「だけど加納君って高校生のときに千葉かどこかに引っ越したでしょう。たしか東京にはいなかったよね」

「うん。だけど免許を取ってからはちょくちょく戻ってきてるみたい。ほら、こっちのほうが昔からの友達も多いし」

加納君は、真琴が哲君の前に付き合っていた人だ。別れた後もたまに連絡を取り合っていることは知っていたけど、まさか哲君の荷物を運ばせていたとは。

「付き合いなおせば」

こりない子だとあきれながら呟くと、真琴はごまかすように笑いながら
「人前では平気なふりしてもね、一緒に聴いたCDとかベッドとか炊飯器とか見ると、痛くて全然だめだ」

炊飯器、と怪訝《けげん》に思いながら口の中で復唱してしまった。二人の付き合い方が偲《しの》ばれる。

「まだまだ時間がかかると思う」

私がいるよ、とギリギリまで出かかった言葉を飲み込んで、次のオーダーのために針谷さんを呼んだ。

家に帰ると家族はすでに眠りについていた。私は軽くシャワーだけ浴びてから部屋に戻った。

子供のときから人付き合いが苦手だった。それなりに親しくなることはあっても、一歩、

先に踏み込むことができない。それこそ真琴ぐらいだ。彼女は高校のクラスメイトだった。相手のことが気に入るとまわりの意見も聞かずに飛び込んでいく。私のことだって、ほかの女の子たちからは付き合いにくい子だとよけいな忠告をされていたようだ。

「瑛子はこんなに変わっていておもしろいのに、なんでみんな分からないのかなあ」

などと失礼なことを本当に不思議そうな顔で言ったりする。

私は机に向かい、昼間のうちに集めた資料を開いた。来週までに提出のレポートを仕上げなくてはならない。こんなふうに夜を一人で過ごし、そのほかの時間は真琴と会う。それだけで私の日常は十分すぎるという気がして、他のことはすべて余計なことに思えてならないのだった。

昼休みに真琴と食堂へ行くと、本当に遠山さんは券売機のところで待っていた。私が沈黙しているのをよそに笑顔で手を振ると、彼は真琴にまで話しかけていた。

カレーライスとハンバーグ定食のどちらにするか迷いながら片手間で話を聞いていた真琴は花束のくだりで私のほうを見て

「そういうおもしろい話をどうして黙ってるのかな」

喋《しゃべ》るのが面倒だったから、とすっかりふて腐れて答えた。遠山さんは遠慮なく私たちの正面に座った。

ほとんどうつむいて黙っていた私をよそに、彼らはなんだか気安く会話を交わしていた。途中で遠山さんは午後から体育だと言って席を立った。軽く安堵《あんど》していると

「今度の日曜日にここに行きませんか。俺と一緒に行くのがいやだったら開場の時間に現地で待ち合わせでもいいから」

そう言ってテーブルの上に有名な劇団のチケットを一枚置いてから食堂を出て行った。

「すごいね。これってなかなか取れないやつだよ」

追い打ちをかけるように真琴が言う。知ってる、とあきらめて答えた。

「あの人ってドイツ文学の翻訳家を目指していてヘルマン・ヘッセが好きなんだって。瑛子にぴったりだと思うけど」

私は軽く唇を噛《か》んだ。チケットをこちらに差し出す真琴のワンピースから伸びた手はよけいな脂肪がほとんどなくてほっそりしている。

「べつにヘッセの話だったら真琴が相手でもできる。わざわざ彼とする必要はない」

投げつけるように返すと、彼女は少しだけ笑ってそれ以上はなにも言わなかった。

遠山さんのチケットは結局、使わなかった。金曜日に芝居の基礎稽古《げいこ》で校庭を走ってい

たときに右足を挫《くじ》いてしまったのだ。

医務室で手当をしてもらい、さいわい軽い捻挫《ねんざ》でたいしたことはなかったものの、あまり動かさないようにと言われた。家のそばまで送るという小菅さんの申し出を断って、私は右足を引きずりながら校門を出た。自分から電話をかけるのはためらわれたけれど、このまま知らん顔は礼儀に反すると思い、遠山さんに電話をした。

事情を話すと彼はすぐに納得して、それよりも大丈夫なのかと尋ねてきた。心配ないから放っておいてほしいと答えているときに信号が変わった。

その場で待っていてほしいと言われて唐突に電話が切れた。戸惑っている間に校門から黒いナイロン製のリュックを摑んだ遠山さんが飛び出してきた。

「まだ学校に残ってたんですか」

「今日中に提出のレポートがあったのをうっかり忘れて、さっきまで図書館にいたんだ。だけど逆に運が良かったな」

夕暮れが遠くの空に散って、もう一番星も二番星も高いところで光っている。遠山さんに自宅の場所を聞かれ、バス停までは一緒に行くことになった。

駅前のバス停でバスを待っていると、湿った風がスカートの裾《すそ》を揺らせた。

「この前に食堂で一緒にいた友達は、大学からの付き合い？」

いいえ、と私は首を横に振った。彼は立ったままで、私はベンチに座っていたので自然と見上げる形になった。淡い夜空には月が浮かんでいた。

「高校のときの同級生なんです」

「やっぱりそうなんだ。佐伯さんのことをよく知ってるみたいだったから」

私はちょっと顔をしかめて、いったい真琴がなにを喋ったのかと尋ねた。

「とにかくなれなれしいことを言わないように、気安く触らないようにって。それさえ注意すればけっこう分かりやすい人だって教えてもらった」

屈託のない笑顔で言われて思わず憮然《ぶぜん》とした。

バスが来たので乗ろうとすると、するっと遠山さんが先に乗ってしまった。それから後ろの二人がけの席を確保してなに食わぬ顔で手招きされたので

「それは距離が近すぎます」

きっぱり彼に言ってから一つ前の席に座った。窓枠に頬杖《ほおづえ》をつくと同時に背後から押し殺したような笑い声が聞こえてきた。

とうとう遠山さんは君が車に轢かれないか心配だからと家の前までついてきた。あきらめてドアの前で少し話をしていると妹が高校から帰ってきて、彼を見てから露骨に驚いたような顔で会釈した。セーラー服の胸元の赤いリボンが今にもほどけそうだ。

中学時代、私が同級生からヒンシュクを買いながら部活も掃除当番もおろそかにして塾に通ったのに散ってしまった高校へ、妹は今年の春に入学したのだ。

そんなことを思い出していたら遠山さんがどうしたのかと尋ねてきたので、なんとなく話をしてしまった。

喋り終えると彼は軽くまばたきしてから

「そんなの学校との相性の問題だよ。どんなに勉強しても、すべてを知り尽くせるわけじゃないし。それにほら、違う高校に行っていたら、出会えなかった友達もいただろうから」

私は思わずいつもの仏頂面《ぶっちょうづら》のまま

「偏差値は相性とは無関係です」

と言ってしまったけれど、彼の言葉は少し嬉《うれ》しかった。

彼と別れて玄関で靴を脱いでいると、ペットボトルのジュースを飲みながら妹が来て

「おねえちゃんってさっきの人と付き合ってるの？」

「違う。大学の友達」

ふうん、と妹はジュースで唇を濡《ぬ》らしながら

「おねえちゃんの友達って真琴さんだけじゃなかったんだね」

妹はいつも本当のことを言うのに遠慮がない。たしかに私は家族にも真琴の話ばかりしているし、ほかの名前が出ることはめったにない。

台所に入ると、まだ夕食まで時間があるからお風呂場《ふろば》を掃除してほしいと母に言われた。

「稽古中に足を挫いたんだけど」

そう言って包帯を巻いた足首を指さしたら、はい、と当然のようにビニール袋と輪ゴムを手渡された。

「うちのお風呂場は校庭ぐらいあるわけじゃないでしょう」

意地悪なわけではなく、子供は甘やかさないというのが母の方針なのだ。しぶしぶ浴室の明かりをつけて靴下を脱ぎ、右足にビニール袋を履いてから冷たいタイルの上に立つ。右足に体重をかけないように不自然な体勢を維持する。スポンジにつけた泡はすぐにふくらんで、消しゴムのようにこすってタイルの目地のカビを消していく。

窓を開けたらとなりの屋根の上に、さきほどよりずっと明るい月がのぼっていた。

真琴が哲君と別れたと聞いたときに私は心の中で期待していた。もう彼女が恋人なんてつくらずに私のそばにいてくれることを願っていた。だって今までのどの恋人よりも私は真琴を理解しているのだ。

なのに、どうしてわざわざ違う生き物を選び続けるのだろう。どうして私ではダメなのだろう。

蛇口をひねり、冷たいシャワーでタイルの泡を押し流した。軽くほてった肌に水が心地よくて、わざと左足にだけかかるようにして、しばらくシャワーを流していた。


月曜日の英語の授業に真琴は少し遅れてやってきた。私はとなりの椅子の上に置いていたカバンをどかした。

彼女は机の上にテキストを出しながら、遠山さんとの芝居はどうだったかと尋ねてきた。

私は足を挫いた日のことを話した。

芝居は残念だったね、と真琴は言った。

「だけど、なんだか悪い雰囲気じゃないね」

私は、どうでしょうね、と返した。さきほどからジェンダーについて先生は滔々《とうとう》と自分の意見を述べ続けている。髪には白髪が混ざり、足元はスリッパのようなサンダル履きだった。あまりにも女性ばかりを誉めたたえて男性を非難するので教室中の男子学生が苦笑いしている。

はたから見ると私も彼女のようなのだろうかと、そんな疑問がふいに過《よぎ》った。

「遠山さんと付き合う気はないの」

小声で真琴が問い
「そんなつもりはないわよ」

普通に近い音量で私は反論した。

「真琴みたいなエネルギーは私にはないの」

一瞬だけ先生がこちらを見た。髪型にも服装にも気を遣っていないのに、まつげは黒々としていて唇も赤く、なんだかアンバランスな印象を受ける。まるでなにかを必死に守ろうとしているみたいで、そう考えた瞬間、私はとても悲しい気持ちにおそわれた。

「そんなに元気でもないんだよ」

ふいに冷めたような横顔で真琴が言った。黒板のほうを見つめる目はなにを考えているのか分からず、理解という言葉がにわかに遠ざかる。

「だけど瑛子と遠山さんは合うと思うよ」

「いったいなにを根拠にそんなことを言ってるの」

あきれて返すと、真琴ははっきりと断言する口調で
「遠山さんは水瓶座《みずがめ》のA型なんだって」

などと言われたので目が点になった。なにそれ、と笑うと
「だって私と星座も血液型もまったく一緒だよ。だったら瑛子と合わないわけない」

今度は少しだけ泣きたくなって、覚えてる、と訊《き》いたら彼女はきょとんとした目でこちらを見た。

「前に真琴が、もしも私が男の人だったら絶対に付き合うって言ったの、覚えてる？」

「私、そんなことを言ったのか」

やはり覚えていなかったのだ。体の力が抜けて、ため息をつきながら前を向くと横から真琴の声が追いかけてきた。

「だけど今もそう思うよ。もしも瑛子が男だったら、やっぱり私は瑛子と付き合うと思う」

高校の修学旅行のホテルで別々の部屋だった私と真琴は、午前三時に約束して部屋を抜け出し、廊下の隅の非常口の前で落ち合った。

薄暗い廊下に濃い緑色の非常口の明かりだけが強く灯《とも》っていた。真琴は学校指定の黒いジャージの上にゆったりした白いウィンドブレーカーを羽織っていて、なんだか少年みたいだった。

それまでは、真琴がほかの女子のように私のことを敬遠しないから、彼女のことが好きなのだと思っていた。けれど途切れなく白い息を吐きながら、かすかに眉《まゆ》を寄せて窓の外に視線を投げ出した横顔を見たとき、そうではないことに気付いてしまった。

胸のところで腕を組んで、彼女はしばらくじっと耳をすませていた。それからなんの物音も聞こえないことを確認すると
「行こう」

そう言って非常口のドアを開けた。

非常用階段は暗くて寒く、コンクリートの白い壁に囲まれた薄暗い中を二人でおそるおそる降りた。

緊張しながら階段の下まで降りて外へ出るドアを摑むと、そこはちゃんと外側から鍵《かぎ》がかかっているらしく、押しても引いてもびくともしなかった。

「なあんだ」

拍子抜けしたように真琴が呟《つぶや》いた。私が低い声で笑うと、頭の上の、ずっと高いところまで声が反響した。

彼女は本当に残念そうに唇を軽く嚙《か》んでからふたたび暗い階段を上がろうとした。かすかな光の中で映し出された頰。なにかを言いかけているように薄く開けた唇。首が長くて、鎖骨は絵に描いたようにくっきりと真っすぐだった。私は思わず彼女の両肩に手を伸ばした。

真琴の目が一瞬だけ驚いたようにこちらを見た。私がそのまま顔を寄せたら、うわっ、と小声で呟き、私の手を擦り抜けて後ろに飛びのいた。彼女の背後の壁には黒いマジックでラクガキされた跡がうっすらと残っていた。ケイコ、タケシ、智美と三人の男女の名前が記されていて、どういう関係だったのだろうと一瞬だけ考えた。

「瑛子？」

私の名前を呼んだ真琴は、もっと困惑しているかと思ったのに、意外にもなんとなく理解したような表情だった。

残念、と思わず呟いたら、彼女は困ったように笑って

「びっくりした。不意打ちだったね」

なんだか自分に説明するみたいに言った。

お互いに黙ったまま階段を上がり、廊下で別れた後、私は部屋に戻って同室の女の子たちの寝息を聞きながらベッドにもぐり込んで目を強くつむった。まだ胸の奥が落ち着かなかった。昂揚《こうよう》感と深い絶望が一緒に溶け合って体の底へ沈んでいく。泣きたいのに、泣くほどの強さはない。だけど平気なわけでもない。むくわれないんだ、と自覚した頭の中は一片の曇りもなくて、明るいほどだった。

翌朝、食堂で会った真琴は何事もなかったかのように笑って、おはよう、と片手を振っ

た。顔を洗ったばかりなのか、前髪がうっすら濡《ぬ》れて光を集めていた。

彼女のとなりに腰をおろすと、同じ席に着いた女の子たちは少し離れたところに座っている男の子たちの話で盛り上がっていた。昨夜のうちに二組のクラスメイトが付き合い始めたと知って驚いた。

その話の延長でふと、瑛子が男だったら付き合うという一言を真琴が漏らしたのだった。ほかの女の子たちはちょっとだけ笑って、すぐに話はべつの話題へと流れた。

私は真琴の言葉が嬉《うれ》しかった。けれど、あのタイミングで私がもし男の人だったなら、きっと彼女はあんなことは言わなかっただろう。

それが私にとってなによりも残酷なことだったと、真琴はきっと気付いていない。


足が治った翌週の日曜日に遠山さんと出かけた。

新宿のイタリア料理の店で昼食を食べ終えた後、花園神社のほうまで歩いた。

あまりに騒々しいのでお互いの声を聞くためには少し身を寄せなければならない。日差しが強くて、かすかに頭が痛かった。口や鼻をおおう熱気が地面からも立ちのぼってくる。

神社の鳥居の奥からは蟬の鳴き声が聞こえてきた。喧噪《けんそう》と車の排気ガスに溢《あふ》れた街中でも蟬が生きているのかと思うと不思議な感じだった。古びた赤い鳥居には大きなカラスがとまっている。濃い樹木が揺れるたびに羽根を広げて飛び立つ素振りを見せている。

なんとなくじっと見上げていると、老人が叫んだような声で鳴いてようやく飛び去っていった。目で追った瞬間に太陽の光を裸眼で直視してしまい、めまいと同時にぎゅっと目をつむった。しばらくうつむいてまばたきしていると、遠山さんが、これからどこに行こうか、と訊いた。

顔を上げて彼のほうを見ると、まだかすかに視界がぼやけていた。

「なにか見たい映画とかあれば」

「映画は一人で見るのが好きなので、ちょっと」

目を擦りながら告げる。

「なるほど」

「それからボウリングとかゲームセンターとか、そういう騒々しい場所も好きじゃないんです。注文が多くて申し訳ないけど」

「それじゃあ普段はどういうところで遊んでるの」

聞き返されてちょっと言いよどんだ。私には遊ぶという感覚自体があまりないのだ。

「ビリヤードってしたことある？」

唐突に彼が訊いたので、私はすぐに首を横に振った。

「それじゃあ教えるから今からちょっと行こう」

妙にきっぱりと言い切って遠山さんは横断歩道を渡った先にある灰色のビルを指さした。

玉を突いているときの遠山さんは人が変わったようだった。台に対して前のめりになったときの背骨がすっと伸びていて、不覚にも気持ちの良い背中だと思ってしまった。

広いビリヤード場は天井が低くて蛍光灯の一本が点滅していた。男の人達ばかりで、冷房がききすぎて少し寒い。

勝負が終わった後に外の自販機で冷たい紅茶を買って飲みながら
「よく考えたら、女の子はそんなにビリヤードなんてやらないよな。ごめん」

ふと我に返ったように言われたので
「下手だったら退屈だったかも知れないけど、遠山さんが上手だったので見ているだけでもおもしろかったです」

と私は答えた。室内はあんなに涼しかったのに、遠山さんは額にうっすら汗をかいていた。

ビルを出るとさきほどまでは晴れていた空にうっすら厚い雲が立ち込めていた。嫌な予感を覚えながら歩きだすと、案の定、すぐに激しい雨が降り始めた。

アスファルトの地面もいかがわしい風俗の立て看板も通行人もあっと言う間に水浸しになった。私たちはいそいで目の前のビルに逃げ込んで、雨がやむのを待つことにした。エレベーターのドアの前で立ち尽くしたまま、次第に早送りされていくような路上の風景を見ていた。

遠山さんが濡れたシャツの水滴を軽く手で払ってから、ふと私の肩についていた糸屑《いとくず》を取っても良いかと訊《き》いたので、頷《うなず》いた。彼は指で軽くつまんでから、足元にそっと落とした。深爪ではないかと思うぐらい爪がしっかり切られた太い指だった。

「遠山さんは女の子と付き合ったことはどれくらいあるんですか」

彼はちょっと真剣な表情になって、しばらく考えてから

「高校生のときに一年間ぐらい付き合ってた子がいたよ。それから大学に入ってから半年ぐらい。その二回かな」

「そうですか」

「佐伯さんは？」

足元に視線を落とした。遠山さんのグレーのズボンの裾《すそ》はスニーカーに踏まれないように、ぎりぎりのちょうど良い長さを保っている。

「遠山さんは同性に愛情を抱く人の気持ちって理解できますか」

ううん、と彼は難しい顔で首を傾《かし》げ
「率直に言って、たとえば男の俺が自分の立場として考えたら、正直そういう気持ちになったことがないからまったく理解できないけど、女の子がそう言う分には分からなくないかもしれないな。これも一種の偏見だと思うけど」

「私は子供のときから男の人に対して警戒心の強いところがありました。だけど、あの人は素敵だとか付き合いたいとか、そう思う瞬間も過去にちゃんと何度かありました」

私は慎重に言葉をつなげた。彼は黙って聞いていた。雨はさらに強くなってきて、逃げるように走る人やあきらめたように大手を振って歩く人の足音も雨音にかき消される。

「だけど、そのたびにすぐ、なにかが違うという気がしてしまう」

遠山さんはじっと身をひそめるように黙っていた。

「高校のときに女友達のことを好きになりました。だけどその恋には始まりすらなかった。だから終わることもできなくて、今ではたとえ叶《かな》わなくても、彼女がずっと近くにいればそれでいいような気さえするんです」

はっきり告げると、遠山さんはそっと頰を掻《か》いた後で
「どうしても俺に君を変えることはできない？」

そう問われ、私は小さく頷いた。

しばらく二人で黙った。ふたたび口を開こうとしたとき、ストップ、と彼が少し強い口調で言ったので、私は口をつぐんだ。

「なんてことを佐伯さんが信じてるのはよく分かった。だけど君には君の考えがあるように、俺には俺の判断と直感があります」

はあ、と思わず困惑した呟《つぶや》きを漏らしてしまった。

「この前、佐伯さんたちがやった芝居さ、つまんなかったよ」

急に話題が変わったのでさらに困惑していると

「台詞《せりふ》ばっかり深刻で、それを言ってる役者にちっとも気合いが足りてなくて、何度か途中で帰ろうと思ったけどさ。佐伯さんだけが怒ったり悲しんだりしている場面でものすごく必死な感じがしてね、上手《うま》いとか下手の問題じゃなくて、その変な生真面目さがだれよりも印象的だったし、なんかよく分からないけどおもしろかったんだよ」

「おもしろい」

思わず復唱してしまった。遠山さんの喋《しゃべ》り方にはとても熱が入っているのに、なぜかちっとも誉められている気がしない。

なんと返せば良いのか分からずに、眉《まゆ》を寄せたまま黙っていると

「付き合いたいんだけどなあ。本当に俺ではダメですか」

絞り出すように言われ、私はどうすればいいのか次第に分からなくなってきた。

「私、分からないんです」

とうとうそう呟いてしまった。

「むしろ自分が他人と付き合うことができるかどうか分からない。深くかかわることで、お互いにどうしても理解しあえない部分を見つけてしまったり、期待しすぎて逆に失望したり。そういうのが嫌なんです」

本当は性別は関係ないのだ。お互いに認め合って必要としているなら。そういうこの世でたった一人の相手になれるなら。

真琴がそうだと思っていた。だけど私は男の人にはなれないし、なりたいわけじゃない。なにかと不完全だと分かっていても、なんだかんだ言って私は今の自分が嫌いではないのだから。

「だけど、上手くいかないのはどちらか片方が悪いんじゃなくて、ただの相性だと思うんだけどな」

「そうでしょうか」

「相手が変われば付き合い方も変わるし、一度、失望することがあってもそこから学習して、さらにより良い関係が生まれることだってある。始める前から決めつけるのはつまらないよ。べつに恋人じゃなくてもいい、俺はあなたに会えるだけで楽しいから。だからまたこんなふうに出かけたりしたいんだ。その後でやっぱり違うと感じたら、それは仕方ないから」

「遠山さんはすごいですね」

ぽつんと呟くと、彼は苦笑して

「なにせ最初があの花束だもんね。今から思うと孔雀《くじゃく》みたいだったな、俺」

「あれは恥ずかしかったです。なにごとかと思いました」

「またやってもいい？」

「いいけど、お願いだからもう少し小さい花にしてください。帰りのバスの中で迷惑でした」

遠山さんは笑った。私もつられて少し笑ってから、笑いが途切れると、しばらく黙った。

外はやむ気配がなくて、出入り口のむこうには放射状の雨が地面を打ち続けていた。

とりあえずまた次の芝居にも行くよ、と遠山さんが呟いた。

次から招待にします、と私は返した。

「それなら初日だけは招待で入って、残りの日は自腹で見に行く」

はっきりとした声で告げた後、彼は明るい声で

「そろそろ雨がやむよ」

そう言ってふたたび明るくなり始めた街のほうを指さした。

青い夜、緑のフェンス

子供の頃から育つという言葉が好きだった。それは太っている自分を全面的に肯定してくれる唯一の言葉であり、切り札だった。

「育つって針谷君、君はいったい何歳まで成長するつもりなんだ」

嵯峨さんに水を差されて僕は黙った。しかたなく濡《ぬ》れたモップで強く床を擦る。壁の時計を見上げると、開店時間まであと三十分を切っていた。

「第一次成長期も第二次成長期もとっくに過ぎたぞ。あとは衰えていくばかりだ」

彼自身もまだ若いというのに嵯峨さんはそんなことを言って自嘲《じちょう》的に笑った。僕は掃除道具を片付けて店の外へ出る。コンクリートの地面に我ながらぼうっと大きな影が落ちた。看板のコンセントを差し込むと『蜂の巣』という店名とミツバチのイラストが夜の中で点滅を始めた。

高校を卒業してから運送会社へ就職したが、違法とも言える長時間勤務の苛酷《かこく》さに半年で退社し、この店へ来たのは一年前のことだ。

金曜日の夜はもっとも店が混み合うために、狭い店内を何度も往復しなければならない。

カクテルを作っては、運ぶ。前に嵯峨さんに水ぐらいはセルフサービスにしようと提案したら黙って首を切るポーズをされたので、よけいなことは言わないようにしている。

扉が開いて聞き覚えのある声がした。僕は一瞬だけ疲れを忘れて客が出ていったばかりのテーブルの上をいそいで片付けた。

「こんばんは、針谷君」

つられて笑いかけた僕は、すぐにむっと眉をひそめた。彼女のとなりには痩《や》せた背の高い男が立っていた。その背後から友人の瑛子さんが怪訝《けげん》そうに顔を出す。

「今夜は三人なんですね」

水とおしぼりを運んで僕が尋ねると、うん、と彼女はメニューに視線を落としたまま
「彼は遠山君。瑛子と付き合ってるんだよ」

「付き合ってはいません」

彼女の友人である瑛子さんが真剣な顔で否定した。男のほうはなんだか慣れたような顔で笑っている。こんなに即座に否定されて、僕だったらきっと怒るか落ち込む。心が広いのか自信があるのか、おそらく長身の上に痩せている故の余裕だ。間違いない。僕はオーダーを嵯峨さんに伝えながら心の中で確信していた。

店が閉まるのは深夜の二時過ぎで、それから片付けをすると三時近くになってしまう。

黒いカバンを肩にかけて嵯峨さんに挨拶をしてからドアを開けると、店の前に蹲《うずくま》った小さな影が見えた。

気付かないふりをして通り過ぎようとすると
「遅かったね」

僕は無視して歩く速度をはやめたが、すぐにサンダルの踵《かかと》を鳴らす高い足音が追ってきた。

「大学の友達と遊んでたら遅くなっちゃってさ、一緒に帰ろうよ」

僕は振り返らずに近くの駐輪場にとめてある原付まで急いだ。

「なんで返事しないの。ちょっと針谷ってば」

まだ無視をして駐輪場に入る。鍵《かぎ》を出そうとジーンズの後ろポケットに手を突っ込んだとき、ふいに声のトーンが低くなって
「おい。茶釜《ちゃがま》」

「ちゃがまっ？」

驚いて振り返ると、明るい夜の中で一紗《かずさ》が笑っていた。ぴったりとした水色のTシャツにジーンズという格好だ。いつもより目線が近いのはヒールの高いサンダルのせいだろう。

「やっぱり聞こえてたんだ」

彼女は、生まれつき色素の薄い髪を耳にかけながら笑った。

憮然《ぶぜん》としている間に一紗は走りだすと、とめてあった僕の原付に勝手に飛び乗った。

僕は鍵を差し込んでから彼女を降ろそうとしたが、頑固にシートにしがみついたまま離れようとしない。

「おい、原付は二人乗りはできないんだって。捕まったらどうなるか分かってるだろう」

意識的に口調を強くしてみたが、彼女はまったく動じることなく
「それぐらい知ってるよ。針谷の免許の点数が引かれて、針谷の財布から五千円の罰金がなくなるんでしょう。だからどうした」

どうしたもこうしたもない。騒いでいるうちに夜が明けてしまうと懸念した僕はあきらめて原付を走らせた。途端に楽しそうに笑う声が風に流されて暗い町に響く。信号で止まるたびにバックミラーを確認してびくびくしてるこちらはちっとも楽しくない。

ようやく彼女のマンションの前に着くと、ヘルメットを脱いで深呼吸しながら
「ありがとう。また送ってね」

などと言われて鼻白んだ。二度とごめんだと答えてからふたたび原付にまたがると、ふいに真剣な表情で彼女が僕のほうに顔を突き出した。

「なんだよ」

聞き返しながら猫のような黒目の大きさに内心、圧倒されていた。一紗を見ていると、ペットショップで法外な値段がついている血統書付きの気取った長毛種を思い出す。

「この原付さ、あんたの体重で後輪が潰《つぶ》れてるね。パンクに気をつけなよ」

マトモに反論するべきか感情にまかせて怒るべきか、悩んでいるうちに一紗は手早くオートロックを解除してマンションの中へ消えてしまった。僕は仕方なく原付をふたたび走らせて、自分のアパートまで戻った。

一紗とは中学生のときからの付き合いだが、それをありがたいなどと感じたことは一度もない。

あれはおとしの誕生日だっただろうか。ケーキを奢《おご》ってくれるというめずらしく心優しい台詞《せりふ》につられて出かけてしまったのは。

喫茶店で向かい合った彼女はケーキが運ばれてくる前に、僕に向かって小さな箱を突き出してプレゼントだと言った。さすがに素直に感謝して包装紙を剝《は》がした僕は絶句した。

「なんだよ、これ」

出てきたガラスの小瓶を摑んで聞き返すと、彼女はしらっとした顔で

「だって針谷って糖尿病でしょう」

一紗は太っていれば老若男女を問わず糖尿病だと思っている。僕が黙っていると

「糖尿病は勃起《ぼっき》不全につながりやすいっていうから」

いったいどうやって手に入れたのか分からないが、つまりはそういう薬だったのである。

僕は帰ってから悔しさに泣いた。それでも一応は薬を呑《の》んでみた。無駄なエネルギーが全身と脳裏に同時に湧いてきて今ならあの生意気で失礼な小娘を襲うこともできるだろうかと思ったものの、数時間でその効果は切れて、後には言いようのない脱力感と強い疲労だけが残ったのだった。

翌日は昼まで眠っていると、突然、チャイムの音が連続して鳴り響いた。しかたなく起き上がってドアを開けると長月《ながつき》が立っていた。

「おまえに貸してた猪木のビデオが必要になったから取りに来た」

彼はそう言って靴を脱いだ。僕は背中を掻《か》きながら冷蔵庫からウーロン茶のペットボトルを出した。

長月はそのペットボトルを受け取りながら

「いつまで背中を掻いてるんだよ」

「かゆいところまで届かないんだよ」

露骨に馬鹿にした顔で長月はコーヒーカップについだウーロン茶を飲み干した。昨夜から冷房をつけっぱなしで眠ったので少し体が痛い。

寝過ぎだの不健康だのと言われたので、一紗がバイト先まで押しかけてきた話をしたら同情されるどころか

「やっぱり一紗ちゃんっておまえになついてるよな。本当に不思議だよ」

長月はほとんど坊主に近い短髪を片手で撫《な》でながら呟《つぶや》いた。

「どこがだよ。僕を優越感の道具にして、傍若無人《ぼうじゃくぶじん》に振る舞ってるだけだろう」

「あんなに可愛い子が午前三時までおまえなんかを待ってたんだから、送ってあげるのが当然だろ」

そう言い切られて絶句した。

「あんなワガママな女を可愛いだなんて思えるか」

長月はうんざりしたような顔で僕を見た後で、流しの下を開けて食べ物を物色しながら

「針谷、おまえは自分の姿ばかり見てるから美意識が鈍ったんだな。同情するよ」

などと振り返りもせずに言った。僕は近づいて彼の手からカップラーメンを奪い取った。

「誉めろ」

長月が怪訝な面持ちで眉《まゆ》を寄せた。僕は同じ台詞をくり返した。

「なにか一つでも僕を誉めろ。そうじゃないと、このラーメンはやらないぞ」

分かった、分かった、と彼は着ていたTシャツの袖《そで》をさらに捲《まく》り上げながら頷《うなず》いた。

「俺みたいな喘息《ぜんそく》持ちは、そんな体重のくせに一度も健康診断に引っかかったことがないおまえのような健康体がうらやましくてしょうがないのだよ。だからやっかみのようなことを口にするわけだ」

あまりに見え透いていたためにちっとも気分は良くならなかったが、僕は面倒臭くなってカップラーメンを渡した。彼は鼻歌混じりにフタを開けた。長月はひどい音痴だ。『Stand by me』がマイケル・ジャクソンか誰かの曲に聞こえる。

長月が帰るとすぐにまたチャイムが鳴って、忘れ物かとドアを開けたら一紗が立っていた。どこか昨夜と印象が違うと思ったら、いつもは下ろしている前髪を真ん中から分けているせいだった。もとがあまり知的な雰囲気の顔立ちではないために、さほど似合っていない。

そう忠告したらすっと両手の親指が伸びてきて、鎖骨の間の喉元《のどもと》を強力に突かれた。激しく咳《せ》き込んでいる間に彼女は部屋に上がってしまった。

「なんだよ、今の技は」

掠《かす》れた声で言うと、一紗は窓際のベッドに腰掛けて前髪をいじりながら

「高校のときに長月君が教えてくれたの。痴漢を撃退するための必殺技」

「俺は痴漢じゃないし、あんな格闘好きの言うことを真にうけるな。人が死ぬぞ」

ごめんなすって、と心のこもっていない言葉を口にして彼女は足を組んだ。膝《ひざ》まである白いスカートから出た細い足首がこちらに当てつけているようでにくたらしい。

「午前中に渋谷《しぶや》で買い物して戻ったら、男がマンションの前で張っててさ。帰れないから寄らせてもらった」

「男って付き合ってた奴じゃなくて？」

「おとといまで付き合っていて昨日やめた。駅前のドトールで殴られそうになって逃げたんだけど、まだあきらめてくれなくてさ」

「さっきの撃退方法はそいつに使ったほうがいいんじゃないの」

僕があきれて言うと一紗は返事をする代わりに冷房をとめて窓を開け放った。蒸し暑い空気が流れ込んでくる。毛穴がふさがれるようなうっとうしさに、閉めろと言ったのに彼女は知らん顔で外を見ていた。裏の公園からやかましい蝉の鳴き声が聞こえてきた。

「あんまり変な男と付き合うなよ」

そう言ってトイレへ行こうとしたら、ふいに一紗が目を細めて
「もしかして心配してくれてる？」

「最終的に僕に被害が及ぶんだよ。今までだって何度も僕が出ていって怒鳴られたり罵《ののし》られたりしただろう。迷惑なんだよ」

一紗は無言で何度かまばたきした後、まったく今までの流れを無視する口調で
「プール行こう」

などと言い放ったため、僕はあっけに取られた。

「さっき水着を買ったの。ダラダラしているとさらに体がゆるむよ。プール行こう」

「嫌だ」

即答すると一紗は一瞬だけ黙り込んだ。僕がトイレのドアを開きかけたとき、捨てる、と掠れた低音の声が聞こえてきた。

ぎょっとして振り返ると、彼女が僕のベッドサイドにあった『紅の豚』の置き時計をつかんで窓の外を凝視していた。

「なにするんだ、僕の心の癒《いや》しを」

「てめえの姿でも見てろ」

飛べねえ豚はただの豚だ、と小声で呟いたと同時に腕を振り上げたので、僕は飛びかかってやめさせた。ベッドに倒れ込んだ一紗は僕を見上げてけらけらと笑った。男が真上にいるというのに恥じらう素振りすらない。ピンク色のキャミソールのすぐ下から存在感のありすぎる胸がのぞいていて、不覚にも視線が奪われかけた。

僕は素早く時計を取り返して元の位置に戻してからため息をついてタンスを開けた。

結局、タオルや着替えをバッグに詰めて二人で日差しの強い外へ出た。すぐに背中に大量の汗をかいて、濡《ぬ》れたシャツがずっしりと重さを増していく。僕らは歩いて地元の市民プールへ向かった。

更衣室から出ると遊んでいた子供たちがこちらを見た。それからすぐに赤いビキニ姿の一紗がやって来て、すると今度は違う高校生ぐらいの男女が怪訝《けげん》な目でこちらを見た。

「足の裏が熱い」

そう言うわりには動じない様子でプールサイドに腰を下ろすと、ふと僕のほうを見て

「針谷、私よりも白いねえ」

と驚いたように呟いた。曖昧《あいまい》に頷きながら、僕は軽く前かがみになっても脂肪の寄らない一紗の腹を見た。この中に自分と同じ数の内臓が詰まっているのだろうか。上手《うま》く想像できなかった。あらためて自分の腹を見下ろしてみる。脂肪で伸ばされた皮膚の表面には傷痕《きずあと》のような白い線が何本も走っていて、えらい差がある。

そんな僕をきょとんとした目で見ていた一紗は、両足をまっすぐに伸ばすと、ふっと空を仰いで何度かまばたきした。

「高校生のときにさ、雑誌に出たら針谷から説教されたよね」

「そういえばそんなこともあったなあ。路上で声かけられたんだっけ」

そんなにいかがわしい雑誌ではなかった。男性ファッション誌の企画で、素人のかわいい子を探して写真を撮るというコーナーだった。ただ一紗の場合はその後でさらに反響があったため、本格的にやらないかと誘われたらしい。悩んでいた彼女に「内面とか知性とか、そういうのが追いやられて本当に外見が良いだけに見える。なんだか馬鹿みたいだから賛成できない、て言ったんだよな、針谷は」

「よく覚えてるなあ」

僕は半ば感心して言った。自分でもほとんど忘れかけていた。唯一、はっきりと覚えているのは、そんなことをおまえが言うなと揶揄《やゆ》する長月やほかの男をよそに一紗がものすごく嬉《うれ》しそうな顔でにやっと笑ったことだった。

あの笑顔が不気味だったことを思い起こしていると、一紗は勢い良く立ち上がって水の中へ入っていった。

次の瞬間、彼女がふっとプールの底へ消え、少し身を前に乗り出したら顔面に勢い良く水が飛んできた。

濡れた髪をぬるい風にさらしながら、一紗はさきほどから無表情で歩いている。冷やされた体がふたたびぼうっと外側から暖められていくのを感じた。

「今度さ、針谷の店に行ってもいい?」

うん、と相槌《あいづち》を打ってから顔を上げた。夕暮れが遠くのほうからやって来る。

「軽いカクテルでも作るよ。おまえ、あんまり飲めないから」

「ぐへへ」

中年の親父のような笑い方をして彼女は前を向いた。その紅潮した頬や黒々とした長いマツゲとのギャップに困惑しながら夕飯はどうするのかと尋ねたら、せっかくだから一緒に食べようと、めずらしく素直な口調で言われた。

駅へ向かう裏道を歩いてると唐突にブティックホテルが増えてきた。派手な色とりどりの看板に包囲されたような気分になりながら、次第に早足になった。

「針谷」

思いついたように低い声を出すときはたいがい下らない内容が多い。

「なんだよ」

「こういうホテルに入ったこと、ある?」

「ないよ」

そう即答したら、てっきり馬鹿にして笑うかと思ったのに、一紗は少しけわしい感じで眉《まゆ》を寄せて

「ごめん、品のない質問だったね」

そう返されたので僕は困惑した。目の前のホテルから僕らよりも幼い感じの二人組が出てきた。

「一紗、ときどき妙に男前だよな」

「それは誉め言葉でしょうか」

「うん。暴言は吐くけど、本当に言っちゃいけないことは言わないから偉いと思う」

彼女はなにかもごもご口の中で呟《つぶや》くと、ふいに僕のTシャツの裾《すそ》を掴んだ。

ホテル街から見上げる空にも月は浮かんでいる。高架下をくぐるときに、横のごみ箱から潰《つぶ》れた空き缶が溢《あふ》れている自販機で立ち止まってジュースを買った。一紗に渡すとお金を出そうとしたので、首を横に振った。

「ありがとう」

頭上から電車の走り去る轟音《ごうおん》が響いた。足元までその震動が伝わってくる。いつかも、こんな夕暮れを二人で歩いた気がした。

「針谷、好きな人はいないの」

「たまに来るお客さんで、いいなあって思う人はいるけど、そこまでは」

「本当に？　どんな人なんだろう」

「良い意味で無頓着《むとんちゃく》な感じがする。それに笑った顔が明るい」

「恵ちゃんには似てる？」

僕が無言でいると、一紗も黙ったままでジュースのプルタブに指をかけた。

針谷君は頭の良い人だし外見だって体は大きいけどきれいな顔をしてる、と真顔で高校の同級生だった恵ちゃんから言われたときの衝撃は今でも覚えている。付き合っているとき、ずっと彼女はなにか勘違いしているのだと僕は疑っていた。こちらから別れようと言ったのだって地方の国立大学へ進学するという彼女に好かれ続ける自信がなかったのだ。

「針谷はずっと恵ちゃんと付き合うと思ってた。あの子、性格良かったし」

「僕のことがそんなに好きだっていうのが、どうしても信じられなかったんだよ」

どうして自分なのだ、といつも心のどこかで感じていた。正直、別れ際に泣いている彼女の姿を見たときにも冷静さが勝ってしまった。彼女の過不足に対して自分が引き受けられるものも与えられることも、なに一つないように思えた。

「馬鹿だなあ。彼女が好きだって言ってるんだから、そのまま信じれば良かったのに」

一紗はジュースに濡れた口元でそう告げて、高架下を駅に向かって歩き始めた。

「針谷は、ちょっとばかり外見の良い男だけが女に好かれると思い込んでるんだよ」

「まあね。一紗みたいにモテるのにいつも問題のある男ばかり選ぶ女もいるしな」

「べつに、相手がどうしてもっていうから付き合うだけだよ。私が本気で惚《ほ》れるのは、なぜか自分のことを好きにならない男ばかりだ」

暗い道の先に駅前の明かりが見えた。ふたたび電車の駆け抜けていく音がした。

二人で安い定食屋に入ってハンバーグ定食を食べた。一紗がごはんのおかわりを注文すると、運んできた店員が当然のように僕の前にお椀《わん》を置いた。途端に彼女は品のない笑い方をする。こういう声も長月なんかの耳には鈴の音のように届くのだろうか。不可解だ。

「来週は花火大会があるから」

あるからどうしたのだと言い返すより先に、彼女は空いた僕のお椀に新しいごはんを半分ほど足して

「もう十分に大きい奴をこれ以上、大きくしてどうするんだって思うのに、いつも針谷を見るとついたくさん食べさせたくなってしまうこの矛盾」

などと勝手なことを呟いてわざとらしいため息をついた。

僕は聞こえないふりをして、残っていたハンバーグのデミグラスソースをスプーンですくってごはんにかけた。

私、寝ちゃったよ、と夜中に窓を叩《たた》いて僕を起こした一紗が言った。まだ実家にいた頃

のことで、中学生だった。雨が上がったばかりの梅雨《つゆ》の夜に窓を開けると、静止した紫陽花《あじさい》が光っていた。

「寝ちゃったって、なにが」

「宮本先輩と」

彼女は片手にハンドバッグを持っていて、化粧っ気がなく、眉毛の薄くなった無表情に僕は妙な違和感を覚えて言葉に詰まった。一紗はじっとうかがうようにこちらを見ていた。

「だけどこの前、本当に先輩のことが好きなのかどうか分からないって、おまえ」

「うん。そうしたら針谷に話し合うよう言われたから、そのとおりだと思って先輩に言ったら、怒らせちゃったみたい。逃げようと思ったんだけど、ほら、先輩って私たち後輩の間でも有名だったくらいだから。さすがに怖くてさ」

「一紗」

思わず身を乗り出して名前を呼んだら、腹に窓枠が食い込んだ。彼女は途方に暮れたような顔で僕を見上げていた。

「ごめん、助言だけじゃなくて、やっぱり僕がついていけば良かった」

「針谷のせいじゃないんだ。ただ、聞いてほしかっただけ」

「いや、僕のせいだ。これからはおまえがなにか危ない目に遭いそうになったときには、かならず相談してほしい。そうしたら僕が出て行くから。もう一人で解決しようとするな」

早口に告げると、ありがとう、と素っ気なく呟いて、すっと窓から離れた。

それから本当に幾度となく呼び出されて迷惑をかけられることになるとは思いも寄らなかったが、あの夜の無表情な一紗をもう一度見るぐらいなら、そのほうがまだマシかも知れないとふいに思うのだった。

数日後の夜、あのときと同じような調子でベランダから窓を叩く音がして、僕はぎょっとして読みかけの漫画を閉じた。窓を開けるとなぜか二階であるうちのベランダにあのときよりも大人びた一紗が立っていた。

「おまえ、どうしてベランダにいるんだよ」

「針谷の顔を見るため、塀をよじ登り、街路樹をつたい、ここまでやって来たんだよ。感謝しなさい」

ベランダの下をのぞくと木々の枝があからさまに何本も折れていた。あきれて一紗を見ると、茶色とオレンジの縦縞《たてじま》のシャツワンピースを着た彼女は、なぜか照れたように笑ってから

「月がきれいだからさ、散歩にでも行こうよ」

などと下手なナンパの文句みたいなことを言った。

「どうせまた帰れない理由でもあるんだろう」

当たり、と人差し指をぴんと立てて言う。僕はTシャツの上にシャツを羽織る。タグに書かれたサイズを見た一紗がすかさず、3Lなんてサイズがあるんだねえ、と感嘆したような声を挙げた。

外に出るとたしかに夜空には雲一つなく、満月がきれいにのぼっていた。風のない夜ですぐに喉《のど》が渇いた。途中のコンビニでアイスを買って、歩きながら食べた。手がべたべたすると言って、彼女は汚れた指先を僕の服に擦《こす》り付けていた。

あれから一紗はすぐに男と付き合っては別れ、そのたびに僕のところへ来ては、こうやって巻き込もうとする。それがあまりの頻度なのでさすがにあきれてしまう。

どっちなのだろう、とふいに疑問がよぎった。彼女にとってはどちらが本題で、どちらが単に巻き込んでしまっている人間なのだろうか。

自分が本題のはずはないのに、そんな考えがなぜか脳裏をよぎった。

「なんだろう、あの明かり」

暗い住宅街のむこうにぼうっと浮かび上がった光を指さして一紗が言った。僕らは羽虫のようにふらふらとそちらに引き付けられていった。近づいてみると、それはまわりをぐるっと緑色のフェンスで取り囲まれたゴルフの練習場だった。グリーンの人工芝とゴルフクラブを手にした中年の男たちが見えた。一紗はフェンスに手をかけて中をのぞき込んだ。ボールが打ち上がるたびに乾いた音が響く。青い夜をオレンジ色の照明が照らしている。一紗がフェンスにからめていた両手の指をゆっくり引き抜いては、また奥まで入れたりした。

「ちょっと前からさ、夢を見るようになったんだ」

彼女のほうを見ると見下ろす形になった。うつむいているせいか、うなじが視界に飛び込んでくる。茶色い後れ毛の散らばった、力いっぱいひねったら折れそうな細い首だった。

「私はなぜか山奥にいるの。それで歩いていると目の前に一本の橋がかかっていて、知り合いがその橋から落ちそうになっている。私は助けたくて手を伸ばそうと思うんだけど、そいつはすごく体が大きいから、きっと重すぎて私の力じゃあ支えきれない。むしろ私が手を伸ばしたことで逆にむこうは谷底へ落ちて死んじゃうかも知れない。そう思うと身動きが取れなくなるの。だけど、私は普段からあんまり好かれてないから、嫌がられるようなことばかりしてるから、これはチャンスだって思い直す。今、手を伸ばせばすべてをチャラにできるかも知れない。自分にけっして悪意がなかったことを伝えることができる。

なのに動けなくて、橋の底からははげしい水の流れる音がしてる。そういう夢を見る」

僕は言葉をかけるタイミングを失ったまま一紗を見ていた。彼女は頬を軽く指先で掻《か》いた。

それから一度だけ軽く唇を噛《か》んだ後で
「相手が自分を好きになることなんて絶対ないって思っているのに、心のどっかで空想して、その間にそこそこ気に入った相手と付き合って、同じ位置から動けなかった。そうして何年も経っちゃったよ」

フェンスの向こうで男たちは何度も同じフォームでボールを打ち続けている。だれかのボールがものすごく高いところまで上がると、一瞬だけほかの人々の動きが止まったように見えた。

「今は好きな男がいないからそんな気がするだけで、また夢中になれる相手が現れれば、錯覚だったって思うよ」

つかの間、一紗が放心したようにこちらを見た。真っ黒な眼球が一ミリたりとも動かない、人形のような目だと思った。

「キスして」

そう言い放った彼女は、なにか強い光のほうを見ているように眉《まゆ》を寄せてぎゅっと目を細めた。

「そうしたら錯覚かどうか、分かるよ」

「分かった」

そう答えると一紗は目を閉じた。これだけまぶたにマツゲが密集していたら視界に入らないのだろうかとよけいなことを考える。一瞬だけ迷ったが、僕は彼女の右手を取って、自分の胸のほうに持っていった。

次の瞬間、わけが分からないという顔で一紗がぱちっと目を開いた。

「なにやってるの」

「触ってみて分かるとおり、男なのに胸があるんだよ」

警戒するような顔で曖昧《あいまい》に頷《うなず》いた彼女の肩を、僕はもう片方の手で軽く叩《たた》いた。

「こんな奴を相手に恋だとか好きだとか、錯覚に決まってるだろ」

そう続けたとき、彼女の顔がすっと青ざめた。力いっぱい僕の手を振りほどき、宙ぶらりんに自分の右手を浮かせた彼女は、てっきり怒るかと思ったら、なにかに耐えるような顔でじっと黙り込んだ。ゆっくりと頬が赤く染まり、次第に目から涙が溢《あふ》れた。

「分かった。いきなりごめん」

茫然《ぼうぜん》としている僕に一紗は一言だけそう呟《つぶや》いて、手の甲で強く涙を拭《ぬぐ》った。

となりを歩く一紗の姿から先ほどの昂揚感は失われていて、信号で止まった瞬間の無表情な横顔に僕は自分がなにかとんでもなく間違えたような気分になった。

彼女のマンションのそばまで来ると、じゃあね、と軽く振り返ってから手を振った。そして僕がなにか言うより先に走って曲がり角の向こうに消えた。


それは店内のお客が飲んでいたワインのグラスを割ってしまい、急いで散らばったガラスを片付けていたときのことだった。

ふいに勢い良く扉が開いて、反射的に顔を上げるとそこには一紗が立っていた。白いキャミソールの上にピンク色のパーカを羽織り、足首の見えるグレーのカーゴパンツを穿《は》いていた。結ばれていない髪は軽くウェーブがかかっていた。彼女が店に来るのは初めてだった。彼女がカウンターの席に腰を下ろすと、ガラスを割ったテーブルのお客が、可愛い子だね、と小声で囁《ささや》き合った。

バーカウンターの中に入ると一紗が顔を上げて
「ウォッカトニックとタコの唐揚げ」

かしこまりました、と緊張して答えると同時に扉が開き、今度は真琴さんと瑛子さんが二人で入ってきたのでぎょっとした。とっさに一紗のほうを見たが、とくに気付いた様子はなかった。

　僕は二人を奥のテーブルに案内してからメニューを差し出した。しばらく静かすぎる時間が流れた。一紗はなにも言わない。無言でテーブルを行き来する僕にめずらしく瑛子さんのほうが、今日の針谷さんは物静かですね、と言いかけたとき、また扉が開いて新しいお客がやってきた。いらっしゃいませ、と言いかけた僕を軽く一瞥《いちべつ》して、その男の視線はすぐにカウンターにいた一紗のほうに向けられた。彼女は一度だけ振り返ると、すぐにまた自分の手もとに視線を戻した。

「こんなところにいたのかよ。途中で見失ってから、おまえの友達にまで電話して。だいぶ捜しまわったんだからな」

　本人は小声のつもりだったのだろうが、その一言は店内に響き渡り、ほかのお客の会話が止んだ。一紗は完全に無視していた。ふたたびその男が同じ台詞《せりふ》を繰り返して彼女の腕を掴んだので、僕は仕方なく二人に近づいていった。

「お客様、申し訳ありませんが、ほかのお客様の迷惑になりますから」

「もしかして針谷さんですか？」

　そう訊《き》かれて僕は相手の顔をじっと見た。黒い無地のTシャツを着て細身のパンツを穿いた、はっきりとした顔立ちの男だった。彫りが深く、どちらかと言えば整っているとされる顔なのだろう。ただ同時に僕の苦手な顔でもあった。目と目の間が寄りすぎている。

「いつも一紗から話は聞いてましたよ」

はあ、と僕は適当に相槌《あいづち》を打った。目の間が寄りすぎている顔は、どことなく他人に緊張感を与えるのだ。男は軽く頭を掻いてから息をついた。

「あなたがもう一紗と付き合ってるなんて嘘ですよね」

僕は嫌な予感がして一紗のほうを見た。彼女は唇をまっすぐに閉じている。

「そういった事実はありませんが」

「ほら、やっぱりな。行くぞ、一紗。話はまだ終わってないんだよ」

そう言って男がふたたび彼女の腕を摑んだときだった。うるさい、とにわかに呟いて一紗が相手の手を振り払った。ゴルフ練習場の前で、僕の手を払ったときよりもずっと容赦《ようしゃ》ない払い方だった。男が一瞬だけひるむと、一紗はようやく振り返って
「あんたの暑苦しい顔を見るのはもううんざりだって言ってるんだよ。私には話すことなんてない」

彼が絶句したのを見て、僕はまたかとため息をついた。男と付き合っているとき、あくまで一紗は普通の女の子として振る舞っているらしい。口が悪くなるのは、僕の前と、別

れ際だけなのだ。愕然《がくぜん》としていた男はそれでも食い下がった。

「なんだよ、うるさいって。こっちが下手に出てるからって調子に乗るなよ。おまえなんか今はワガママ言っても男が寄ってくるから良《い》いかも知れないけどな、ちょっとでも老《ふ》けたらすぐに見向きもされなくなるんだからな」

「そんなふうに思うのは、結局、あんたが女の顔しか見てないだけでしょう。皺《しわ》だらけになっても背中が曲がっても私は私なんだからべつにちっとも怖くないんだよ。そんなことも分からずに女と付き合って、その上浮気なんてずうずうしい。針谷のほうがずっとマトモだよ」

言い争いを聞いて嵯峨さんまでが奥の厨房《ちゅうぼう》から顔を出した。店内のお客は身を潜めるようにして耳を傾けている。

「なんでだよ、暑苦しいって言ったらこのデブのほうがよほど暑苦しいだろう」

「なんで、なんでって子供かよ。針谷はたしかに太ってるし、夏は水浴びしたみたいに汗をかくし、背中にはニキビ跡があるし糖尿病だけどあんたよりもよっぽどいろんなことを分かってるの。とにかく、あんたみたいな馬鹿はもうウンザリなの。ぐだぐだ言ってないでいますぐに別れて」

双方に対して苛立《いらだ》ちが募り始めたとき、おいデブ、とふいに目の前の男が言った。とうとう辛抱できなくなって僕は顔を上げた。

「出て行ってください」

はっきりとそう告げると、あからさまに怒りのこもった目で彼は僕を見て、片腕を挙げかけたので

「いいけど僕、0・1トン以上ありますよ。失礼ですけどお客様の体重は見たところ70キロないですね。この体重の差だと、殴っても突き飛ばしても、おそらくこちらが倒れることはないでしょうね」

できるだけ強く言い切ると、相手は僕をじっとにらんでから、黙ったまま店を出て行った。

扉が閉まると同時に店内の空気が緩《ゆる》んだ。ふたたび店内に明るい会話が漏れ始めると、一紗がにやっと笑って

「針谷、またいつもの手で成功したね」

僕はため息をつきながら頷いた。前に長月が教えてくれた、よほど強い男でも体重差が10キロを超えてしまったら相手に勝つのはそうとうきびしい、という一言を信じて、僕はいつも揉《も》め事になると切り札としてこの言葉を使うのだ。ちなみに実践したことはもちろんない。

嵯峨さんが僕を手招きしたのであわてて彼のほうへ駆け寄った。てっきり叱られるかと思ったら
「針谷君、えらいよ。まったく手を出さずに女の子を守るなんて、君にそんな立派な精神があったとは思わなかった」

などと失礼だかなんだかよく分からないことを言われた。曖昧《あいまい》に頷《うなず》いてから僕は出来上がった料理を真琴さんたちのテーブルに運んだ。お騒がせしてすみませんでした、と謝ると彼女たちは首を横に振って
「針谷君、かっこよかったよ」

「本当ですか」

「それにあんなにきれいな彼女がいるなんて、幸せものだね」

「は？」

「私もびっくりしました」

と瑛子さんまで頷いた。すっかり言葉を失って愕然としていると、弁解する間もなく、追加のオーダーのために一紗がいつもの明るい調子で僕を呼びつけた。

それ以来『蜂の巣』に一紗はちょくちょく現れるようになった。あれから妙な男とは付

き合っていないようだが油断はできない。なにせあいつは僕の手を煩わせているときが、なにより生き生きとしているのだから。

それよりも理解できないのは、最近、女性客が頻繁に話しかけてくるようになったことである。嵯峨さんに言わせると、僕に一紗のような親しい女の子がいたことを知って女性客は警戒心を解いたらしい。しかも彼女たちの中でとくにポイントが高かったのは、僕が男から一紗を守ったことなどではなくて、彼女がおそろしく可愛かったことだというのだ。

その理不尽な事実を嚙《か》みしめてシェイカーを振りながら、あれはもしかして作戦だったのだろうかと思い、ふいに、過去、たった一人の恋人に思ったことと同じことを考える。

いったい僕なんかのどこがいいのだと。

それでも扉が開いて、夜の中から一紗が笑顔で現れて
「こんばんは。0・1トン族の針谷君」

などと言われると、少なくともこいつは僕から勝手に自分の欲しいものを得ているのだろうと感じる。それが妙な安心につながっていることは当分の間、気付かないふりをしようと思いながら、僕は一紗をカウンターに案内して椅子を引いた。

彼女が座ろうとしたと同時にさらに椅子を引くと、一瞬、真顔のまま体が沈んだ。そのまま床に尻餅《しりもち》をつくぎりぎりのところで腕をつかんで、あっけに取られていた一紗に復讐《ふくしゅう》

だと言って笑うと、彼女はしてやられたという表情を見せた後、無言で僕の向こう脛《ずね》を思いきり蹴飛《けと》ばした。

それから苦しむ僕の姿を見て、針谷、愛してるよ、と大きな声で笑った。

夏の終わる部屋

煙草《たばこ》に火をつけると、なに吸ってるのー、と訊《き》かれた。

ちょうど正面に座った女の子は、最後に語尾が上がりながら伸びる、おっとりとした喋《しゃべ》り方をする。たしか西島ちえみと名乗っていた。外見は垢抜《あかぬ》けていて可愛いのに、無理に方言を隠していないところに好感が持てた。

彼女と会話を始めようとしたとき、幹事の山崎がそのとなりの子に自己紹介の順番を振った。

となりに座っていたのは、まっすぐな長い髪と涼しい目元をした女の子だった。赤いワンピースに白いカーディガンを羽織った体は痩《や》せていて首が長い。彼女は山崎ではなく、こちらを見ながら口を開いた。

「永原操《みさお》。十八歳です。あの、すみませんけど煙草の火を消してもらえませんか。苦手なんです」

一瞬だけその場にいた女の子たちが戸惑ったように喋るのをやめた。俺は慌てて言われたとおりに火を消した。

「ごめん。気付かなくて」

「いえ、こちらこそごめんなさい」

そこまで言ったとき、彼女はふいに左手で口元を押さえ、右手で自分のハンドバッグを摑んで奥のトイレへ走っていってしまった。俺は数秒間だけとなりの山崎と顔を見合わせた。ほかの女の子たちも男側も誰もフォローする気配がなかったので、仕方なく立ち上がって店のサンダルに足を押し込んだ。


目が覚めるとまだ朝の八時で外はよく晴れていた。飲み過ぎたせいか、だいぶ頭が痛い。冷蔵庫からお茶のペットボトルを取り出して台所の窓を開けると、アパートの裏の古い家の庭で、青いホースから水を撒《ま》く老女の背中が見えた。

俺はペットボトルを持ったままベッドに戻った。掛け布団から出ていた白い肩に触れると、枕に横たわっていた長い髪がかすかに揺れた。それからだいぶ遅れて、ううん、という返事とも寝言ともつかない声が漏れてきた。

「これ、飲む？」

ありがとうと掠《かす》れ声で呟《つぶや》いて彼女は布団の中から右手を伸ばした。手首の内側にはうっすらと血管が透けている。ペットボトルを摑みかけて、ふいに彼女の手がとまった。

「どうしたの？」

「なにか羽織る物があったら」

部屋の中を見回して、適当に落ちていたシャツを渡した。彼女はこちらに背を向けて布団の中でごそごそと音をたててそれを着ると、ようやく上半身を起こして俺の手からペットボトルを受け取った。シャツの袖《そで》が長すぎて指が半分ほど隠れている。

お茶を二口ほど飲んだ彼女はふと窓のほうへ視線を移した。

「雨かな」

「え？」

「さっきから、そんな音がするから」

俺は首を横に振って
「いや、となりの家で水を撒いてる音だよ」

彼女にはシャワーを浴びるようにすすめ、俺は朝食の支度をした。

濡《ぬ》れた髪で浴室から出てきた彼女は驚いたようにテーブルの上を見て、言った。

「気を遣わないでいいのに」

「どうせ俺も食べるから」

二人でトーストやサラダの皿を載せたテーブルを挟んで向かい合い、しばらく無言のまま食事をした。

卵焼きを一口食べたところで彼女が顔を上げて

「いつもこんなふうになるの？」

そう言われてすぐにはなんのことか分からずに、聞き返した。彼女はしばし言いづらそうに口ごもっていた。

ようやく悟った俺は首を横に振って

「いや、部屋に連れてきたのは永原さんが初めて」

彼女はフォークを握った手元をじっと見つめた。

「介抱してくれてありがとう。昨日は朝から屋外のバイトだったから。疲れてたみたい」

「一人暮らしだっけ」

「うん。今年、大学に入って栃木の実家から上京してきたの。ねえ、私の言葉、聞き取りにくくないかな」

窓の外で水音がようやくやんだ。俺は立ち上がって銀色のシェルフの前に行き、コンポに適当なMDを選んで入れた。それから彼女のほうを振り返った。

「たしかに大きな声だとは思わないけど、そんなことないよ。なんで？」

「良かった。おまえの言葉はいつも聞き取りにくいって怒られるから」

「誰にそんなことを言われたの？」

「親とか恋人とか。だから男の人と話すのって苦手なの」

「だけど今、俺と普通に話してるだろう」

「セックスすると少しは近くなった気がするの」

慎重に言葉を選んでいるように見えていきなりそんなことを言われたことにどきっとした。この曲、と唐突に話題を変えるように彼女が顔を上げた。

「東京スカパラダイスオーケストラでしょう」

「そう、好きなんだ」

「高校のとき、吹奏楽部だった友達が好きで、よくCDを貸してくれたの。長月君はなにか音楽はやってた？」

ギターを習ったけれど手が小さくてダメだったという話をすると、彼女は俺の手を取って指の長さや手のひらの大きさを自分と比べた後、納得したように手を離した。

片付けを終えた後で午後からバイトがあることを告げると、彼女は少し残念そうな顔をしたが、俺がトイレへ行っているうちに昨夜の皺《しわ》が残ったワンピースに着替えていた。

二人で部屋を出るときに
「また連絡してもいい？」

と尋ねたら、少し間があってから彼女は頷《うなず》いた。俺は駅まで送っていくと告げて、ドアの前に置いていた自転車を引きながら日差しの踊る白い廊下を歩き出した。

バイトが終わってから針谷の部屋に寄ると玄関に女物のスニーカーがあった。部屋の奥に向かって呼びかけると、もうすぐ夏も終わるというのにだらだらと額に汗をかきながら現れた針谷と一紗ちゃんが出てきた。

「長月君、久しぶり」

彼女はジーンズに水色のポロシャツを着ていて、白い肌に明るい水色がよく映えていた。それを誉めると、さすが長月君、と言って

「さっき針谷に子供っぽいって散々、馬鹿にされてさ」

「そっちこそ僕が白いTシャツを着てると体操服にしか見えないって言ったくせに」

「一紗ちゃんの言うとおりだよ。そもそもおまえは膨張色を着るな」

憮然《ぶぜん》とした顔の針谷を無視して部屋に上がった。ベッドに腰掛けると、針谷が渋々という顔で冷えたビールの缶を投げてきた。

一紗ちゃんがコーラの缶を片手に床に座り込んで足を伸ばしながら

「そういえば長月君、飲み会はどうだった？」

「なに、その飲み会って」

針谷が口を挟んだ。

「前に一紗ちゃんが紹介してくれた女の子に頼んで、俺の友達とその子の友達で昨日、飲み会をやったんだよ。あのさ、永原操って知ってる？」

「ああ、知ってるよ。学年は違うけどサークルが一緒だから。彼女がどうかしたの」

「昨日けっこう話したから。どんな子かと思って」

「大学ではおとなしい感じの子だよ。たしか親が二人とも教師で、けっこう家が厳しいらしいね。あとは年上の彼氏がいるっていう話も聞いたことがあるけど、それぐらいかな」

その言葉に軽く動揺したことは悟られないように目を伏せた。ふたたび顔を上げると針谷がじっとこちらを見ていた。

一紗ちゃんがトイレに立つと同時に、針谷が冷蔵庫からプリンを取って戻ってきた。

「なんでプリンが常備してあるんだよ」

「うるさい。プリンを見てると、この柔らかさに癒《いや》されるんだよ」

「おまえ、それは自己愛の一種だよ」

「ほっとけ。それよりもおまえこそ、その昨日の飲み会でなにかあっただろう」

俺が黙ると針谷は自信に満ちた表情でプリンをすくって口に入れた。その表情がなにかのアニメのキャラクターにそっくりなのに名前が思い出せない。

仕方なく、俺はちょっと声をひそめて
「具合が悪いみたいだったから俺のアパートに連れて帰ったんだよ。一紗ちゃんには内緒な」

「ああ、具合が悪いことを口実にしてやっちゃったんだな」

「本当に悪そうだったんだって」

「本当に悪かったら無理にでもタクシーに詰めて家まで送るのが正しいだろう。長月はいつもそうやって安易に手を出すから長続きしないんだよ。今までに三ヵ月も持たなかった女の数をかぞえてみろ」

「ああっ。私のプリンまで食べてる」

一紗ちゃんの大声に俺たちは驚いて振り返った。針谷の背後に仁王立ちした彼女は近くにあったうちわを摑み、嫌がる針谷の頭を真顔でハエのように叩《たた》いていた。

ビールを飲んでいると胃に絞られるような痛みが走った。缶をつぶしてゴミ箱に投げ、二人に帰ることを告げて立ち上がった。

針谷のアパートを出ると、ジーンズの後ろポケットで携帯電話が震えた。暗闇の中に明るい画面が浮かび上がる。永原さんから来週の土曜日に会えないかというメールだった。

どうしたものかと考えながら顔を上げると、星のない夜空に大きな満月が一つだけ高く浮かんでいた。

横たわって、こちらの動きに合わせて揺れる白い体は、闇の中では自分の影のように見える。胸や腰にかけての曲線はさすがに見て取ることができるけど、細かな表情や仕草は塗りつぶされたようで、かすかに影が揺れるだけだ。

操はほとんど声を出さないので、時々、眠ってるのではないかと疑ってしまう。まぶたに指を当ててみると、驚いたようなまばたきの感触があった。

時折、最中に発作が起きたらどうしようかという考えが脳裏をよぎる。子供のときはいつも夜中に喘息《ぜんそく》の発作を起こしていた。今この場でそうなることを想像すると、かすかに体が震えた。もっとも、ここ何年かはまったく発作を起こしてはいないのだから、これぐらいで倒れるはずはない。自分にそう言い聞かせるものの、体の奥底に沈殿した不安は腰を動かすたびに脳裏まで舞い上がって思考をちらつかせた。

終わった後で電気をつける間もなく操はすぐに服を着ようとした。もう少し抱き合っていようと暗闇の中で腕を軽く摑んだとき、指先になにか小さな虫のようなものが触れた気がした。

「これ、なに」

そう声をかけた瞬間、素早く腕を振り払われた。その一方的な感じに一瞬だけ憮然としてしまった後、なにかまずいことをしたかと考えている間に彼女は服を着てベッドから出て明かりをつけた。

明るくなった部屋の真ん中で沈黙する操はまた言葉を選んでいるように見えた。

「ごめん。俺、なにか悪いことした？」

そう聞いてみると、ごめんなさい、と彼女は呟《つぶや》いた。

「怪我してたの。それで痛かったからつい。怒った？」

「いや、こっちこそ気付かなくてごめん」

俺は操を手招きして前髪をかき上げて額を撫《な》でた。彼女はじっと飼育動物のように身をまかせて目を閉じていた。

あれから操は週に一、二度、部屋に遊びに来る。バイトは派遣会社でイベントの手伝いと、塾の講師をしていること。先月、付き合っていた男と別れたということ。すでに結婚した姉が一人いること。あとは好きな音楽や本の話など、少しずつ自分のことを語るようになった。

俺のバイトの夜には部屋に上がって夕飯を作っていることもあり、正直、成り行きで始まってこれほど順調な付き合いになるとは予想外だったけれど、一人暮らしのアパートに待っている人間がいるのはありがたいことだった。

額から落ちる汗がゆっくり目に流れ込んでくる。冷房のスイッチを入れようとしたら
「長月君は体温が高いね」

肩に寄りかかりながら操が呟いた。

「昔から暑がりなんだ。くっついてると操も暑苦しいだろ」

「ううん。私、体温の高い人が好きだから。むしろ冷やさないで」

「なんだ、それ」

笑いながらテレビをつけると十一時のニュースが始まったところだった。沖縄に大型の台風が上陸したという言葉の後に、暴風雨に飲み込まれてほとんど景色の見えない石垣島が映し出された。

「もうすぐ夏も終わるね」

テレビを見ながら操が言った。

「今年は結局バイトばっかりでどこにも行かなかったな」

「どこに行きたかったの？」

「海とかプールとか、泳げるところ。もう少し早く操に会ってれば良かったんだけど」

「私、海に行ったことがないの」

驚いて操のほうを見ると、彼女はからかうような笑顔で軽く首を傾けて
「子供のときに一度、家族旅行で行ったと思ってたの。そうしたら、それって海じゃなくて湖だったんだって」

「それじゃあ、泳がなくてもいいなら夏が終わる前に一緒に行こうか」

そう誘ってから俺は立ち上がった。

湿ったTシャツを脱いで、タンスから新しい物を出していると、操が嬉《うれ》しそうに抱き着いてきた。


バイトのない朝に駅で待ち合わせをした。操は白いフレアスカートに無地の黒いキャミソールを着てカーディガンを羽織っていた。少し曇って風のある日だった。

藤沢駅で江ノ電に乗り換えて海を目指すと、間もなく窓の外に水平線が広がった。海鳥が遠くのほうを群れになって飛んでいる。操は子供のように窓の外をじっと興味深そうに見ていた。適当な駅で手をつないで降りた。

先に昼ごはんを食べようという話になり、海沿いの小さなレストランに入った。肉の焼けるニンニクの匂いよりもずっと濃く、店内のいたるところに潮の香りが漂っている。波

は少し高かったが、操がサイコロステーキと付け合わせのピクルスを食べながら、砂浜のほうまで歩きたいと言うので、そうすることにした。

海岸には海水浴の客はほとんどいなかった。代わりに地元のサーファーらしき人々でにぎわっている。制服姿で足元だけ裸足《はだし》の男女は近所の高校生だろうか。犬の散歩をしている子供もいる。俺たちは二人ともサンダルを履いていたが、砂が入ってうっとうしいので、すぐに脱いでしまった。天気が悪いというのに、素足で踏んだ砂は毛穴にまで染み込んでくる熱さだった。

「どう。初めての海は」

遠くのほうまで行こうとする彼女を呼び止めて尋ねると、思ってたよりもきれいじゃないけど楽しい、と生意気なことを言った。彼女は波打ち際でつま先を浸していた。近づいてみると、赤く塗られた足の指の爪が濡《ぬ》れて光を跳ね返していた。

すごいね。操がぽつんとそう呟いたので、どうしたのかと聞き返した。

彼女は真剣な顔でこちらを見上げてから、軽く目を細めて

「たとえ私が四十歳になっても六十歳になっても、海を見るたびに、初めて来たときに一緒だった長月君のことを思い出すんだなって。たとえ私たちがお互いを嫌いになって別れたとしても、その気持ちとは関係なく懐かしんだりできるんだね」

「うん。まあ、嫌いになるのはちょっとアレだけど」

「それはものたとえだけど」

空を軽く仰《あお》ぐと、厚い雲の切れ間からまっすぐな日差しが差し込んでいた。

「晴れてきたな」

「江ノ島のほうまでずっと歩いてみたいな」

「疲れない？」

「大丈夫。私、高校のときは陸上部の長距離選手だったの」

その瞬間、俺は目の前にいる女の子がほんの数週間前に知り合ったばかりの他人だということを思い出した。

俺たちは海水で足を洗ってサンダルを履き直し、次の場所に向かうために砂浜を去った。

海から戻った何日か後、いつものように操が俺の部屋に来て、二人でビデオを見ていたときのことだった。

俺は居酒屋の厨房《ちゅうぼう》のバイトで疲れていて、操が何度か肩を叩《たた》いて起こしてくれようとしたにもかかわらず、ビデオの途中で幾度となく寝息をたてていた。

ふと目が覚めて顔を上げると同時に、彼女が画面から視線をこちらに向けて

「長月君は、前の彼女とはいつ別れたの？」

そんなことを尋ねてきた。

「半年ぐらい前だったかな。なんとなくお互い忙しいまま音信不通になって、それっきり」

「好きだったんでしょう」

「好きだったけど、相手はそれをあんまり信じてなかった。俺、あんまり執着しないからダメなのかな」

「分かる」

画面をじっと見つめて膝《ひざ》を抱えた操の背中には、青いシャツごしに背骨がうっすらと浮き出ていた。

「分かるって、なにが」

「長月君が執着しないように見えるっていうのが」

「そうかな。なんでだろうな」

「なんでだろうね」

マネするように呟いて彼女は壁に寄りかかった。俺のジャージを穿《は》いた足が床に投げ出されている。ウエストがぶかぶかなので、脱げないように片手で腰を軽く押さえている。

そのとき俺の携帯電話が鳴った。反射的に電話に出ると、操と出会った飲み会で知り合った西島ちえみだった。今度また遊ぼうという誘いの電話で、少しだけ会話をしてから来客中だからと言って電話を切った。

振り返ると、強《こわ》ばった表情で操がこちらを見ていた。誤解されないようにすぐ西島ちえみの名前を出したけれど、彼女の顔はそう告げたことでさらにいっそう追い詰められたような表情を見せた。

「どうして西島さんと仲良くしてるの」

そう問い詰められ、思わずあっけに取られた。

「べつに気にすることじゃないって。彼女とは操だって友達なんだし、ただ、今度みんなで遊ぼうっていう誘いなんだから」

「べつに友達じゃないわよ。同じサークルに入ってるだけで、学年も違うし。あの夜だって、たまたま人数合わせで呼ばれただけで普段はそこまで親しくしてないもの。なのに、どうして私と長月君が付き合ってるって知っていてこんな時間に電話してくるの」

早口にまくし立てられ、反論する間がなかった。いつも喋《しゃべ》っているときとはあきらかに声の調子が変わっている。圧倒されて黙った俺をさらに彼女は責め立てた。次第に面倒に思えてきて、俺は返事をするのをやめた。彼女もそれに気付いて黙り込んだまま、じっと自分のつま先のほうを見つめた。俺は煙草が吸いたくなって部屋を出た。

薄暗い台所で換気扇をつけた。遠い風のような音が静かだった台所に響いて、ライターをつけると一瞬だけ淡い闇に光が灯《とも》った。火をつけてゆっくりと煙を吐き出した。

窓の外から虫の鳴き声が聞こえてきた。

物音がして振り返ると、操がドアのところに立ち尽くしていた。両手でやはりズボンを落ちないように摑んでいて、小さな嗚咽《おえつ》を漏らして泣いていた。上下する小さな肩は親に叱られた少女のようだった。彼女は床にうずくまって、嫌わないで、と掠《かす》れた声で呟《つぶや》いた。急に可哀想に思えてきて、俺は床に座り込んで操の体を抱き寄せた。背中を撫《な》でて優しい言葉をかけていると、もう彼女が頼れるのは自分しかいないような錯覚を抱き、不思議と満たされた気持ちにすらなった。

台所の床で体の節々を打ち付けながらしたセックスの後で、ようやく穏やかさを取り戻した操はシャツに片腕を通しながら、背中が痛いと笑った。

それからふと俺の顔をのぞき込んで
「セックスしてるときって、なにを考えてるの」

そんな質問をした。俺は少し考えてから
「たまに発作のことを思い出す」

操はその答えにつかの間、怪訝《けげん》そうに眉《まゆ》を寄せてから、ふと思い出したように
「小児喘息《ぜんそく》だったんだっけ」

「そう。中学で水泳を始めてから治ったけど、今でもたまに思い出すんだよな」

「喘息の発作ってたしか息が吐けないんだよね。すごく苦しいんでしょう」

「苦しいのもあるけど、精神的にすごくあせる。手足を縛られて口を塞《ふさ》がれたような、自分にはどうしようもできない力で押さえ付けられてる感じがした。まわりの人間が急に遠くなって、自分一人が今にも死にそうに苦しくて」

なにやら痛むと思って腕を見ると手首のところにうっすらと赤いアザができていた。

「何人いても、死ぬときは一人だって思ってた」

「何人いても？」

「そう。何人いても誰がいても死ぬときは一人。ものすごく健康な人間のすぐ横で自分が死ぬこともあるんだって、当たり前だけど、そう実感してた」

「だから長月君は良い意《い》味で他人に執着しないのかな」

「そうなのかな」

他人事《ひとごと》のような返事に、なにそれ、と操は笑った。

「だけど俺、操のことはちゃんと好きだよ」

彼女は頷《うなず》きながら立ち上がり、ベッドに潜り込んだ。そして後ろから俺の腕を子供みたいに強く摑んで目を閉じた。

バイトの帰りに本屋へ寄っていると、珍しく実家から電話がかかってきた。俺は持っていた雑誌の会計だけ済ませて急ぎ足でアパートに戻った。

操の作った大根と鳥肉を甘辛く煮たおかずを食べている最中に、俺は箸《はし》をとめて親から電話があったことを告げた。

「さっき連絡があって、うちの親戚《しんせき》が亡くなったみたいなんだ。それで明日から福岡に行くから。二日、三日ぐらい留守にする」

そう説明すると、なぜか操はかすかに不安そうな顔をした。

「そう、大変ね。長月君とは親しい人だったの？」

と言った声もどこか上の空だった。

「うん、子供の頃はけっこう可愛がってもらったから。そういえば、操も夏休みが終わる前に一度くらい家に帰ってみたら」

「帰る必要なんかないわよ」

反射的に声が鋭くなった。けれどそれは一瞬のことで、すぐに操はため息をついてから白菜の漬け物に箸を伸ばした。俺も無言で茶碗《ちゃわん》に残っていた炊き込みごはんを口の中にかき込んだ。

操が洗い物をしているとき、背後に立って換気扇をつけると彼女があせったように振り返り

「煙草を吸うなら、もう少し待って」

「前から思ってたんだけど」

と俺は出しかけたセブンスターを戻して言った。

「俺、操の部屋って一度も行ったことがないよね。今度、遊びに行ってもいい？」

操は汚れたフライパンを洗いながら素っ気ない調子で

「すごく古いところだから。お風呂《ふろ》もないぐらいだし、あんまり見せたくないの」

「風呂がない？　女の子でそれって珍しいな」

「仕送りが一切ないから」

初耳だった。彼女の通う短大はごく普通の私立だ。俺の知っているかぎりでは皆、家がしっかりしていて苦労している雰囲気の子は少ない。だから操も当然そうなのだろうと勝手に思っていた。

「むしろ親はそれで心配じゃないのかな。放任主義っていうか」

「逆よ。うちの父親は支配したいの。私が少しでもみっともないことをしないように。自分はたかが高校教師のくせにいつも偉そうに他人に指図するの。すっかり中年太りしちゃって、息は煙草臭いし、肌だって汚いし、本当は自分が一番みっともないくせに」

操はそう言い切って、濡《ぬ》れた手をタオルで拭《ぬぐ》った。なんと言葉をかければ良いのか迷っているうちに彼女は帰り支度を始めた。白い革のカバンを肩から掛け、靴を履きながら
「邪魔なら、そう言ってくれればいつでもすぐに帰るから」

ぽつんと呟いた。

「そんなつもりで言ったんじゃないよ」

「じゃあ、お願いだから家の話なんてしないで。私は一日でも一秒でも、長月君と一緒にいたいだけなの」

「たまには帰ったほうがいいって言っただけだって」

穏やかに言ってみたつもりだったが、彼女は押し黙り、途方に暮れたような目でこちらを見上げて、あきらめたように玄関を出て行った。

追いかけたほうが良いと思う反面、今は一人になりたい気分で廊下を歩く後ろ姿を見送っていた。その早くも遅くもない足取りや白いスカートの裾《すそ》の揺れや沈黙が、なんとなく俺が追ってくるのを待っている気がして、そう思うと逆に気持ちが萎《な》えてしまった。

その晩も翌日も操からの連絡はなかった。こちらから電話をかけるのは癪《しゃく》に障《さわ》るので、放っておくことにした。二人で一緒にいすぎたのかも知れない。お互いに頭を冷やしたほうが良いだろうと思い、そのまま部屋を出発した。

久しぶりに顔を合わせた親と一緒に東京駅から新幹線に乗った。母親は俺の顔色を見るなり、妙に顔色がいいね、と呟いた。彼女がしょっちゅう来て食事を作ってるのだと本当のことを言ってみた。意外そうな顔をした両親を交互に見て、そういえば親にそんなことを言うのは初めてだということに気付いた。

大学の入学時に作った黒いスーツを着るのは久しぶりだった。葬式の朝は晴れていて、出棺のときに吹く風には清々《すがすが》しささえ感じられた。

葬儀の後、大広間で寿司《すし》を食べているときに電話が鳴った。電話の相手は針谷だった。親戚の大声に遮られてよく聞こえなかったので、広間を出てトイレのほうへ向かいながら軽く喋《しゃべ》った。

おまえに用事があるのは一紗なんだよ、と話の途中で針谷が言った。

「長月君、まだ操と付き合ってるの」

電話の相手が変わると同時に、なんの前置きもなく質問され、少し戸惑いながら相槌《あいづち》を打った。

妙な沈黙の後、一紗ちゃんは軽く息を吸うと、張りのある強い声で

「この前、操が男の人と一緒にいるところを見ちゃったの。あれはただの友達っていう雰囲気じゃなかった。針谷には干渉するなって言われたけど、やっぱり見て見ぬふりもどうかと思ったから伝えておく」

携帯電話を摑んだ指先から血の気がひいた。電話を切った後ですぐに操の携帯電話にかけ直してみたが、何度、呼び出し音が鳴っても彼女は出なかった。ひとまず留守番電話に東京に戻る時間を吹き込んでおいた。

その夜の新幹線で東京に戻ると、操はいつものように部屋に来ていた。俺の姿を見て、おつかれさま、と嬉《うれ》しそうに駆けよってきた。混乱したままお土産の明太子《めんたいこ》を手渡した。彼女は笑顔でそれを受け取った後で

「この前はごめんなさい」

明太子の袋を持ったまま謝られ、俺は次第にわけが分からなくなってきた。二人で部屋に戻ると、彼女は安心したように抱き着いてきた。俺の膝《ひざ》に頭を乗せ、流れた長い髪や柔らかい首の付け根を撫《な》でていると、一紗ちゃんの台詞《せりふ》が悪い夢か、そうでなければなにかの誤解でしかないように思えた。

そのまま眠ってしまった操が一時間ほどで目を覚ましたとき、俺は彼女のカバンの前で

言葉を失っていた。

俺の前に座り込んだ操がこちらの顔をのぞき込んで、どうしたの、と慎重な声で尋ねた。

「ただの浮気なら、まだ良かったのに」

思わずそう漏らすと、彼女は表情のない顔でこちらをじっと見つめた。

「前の相手と切れてなかったんだよな。むしろ俺のほうが浮気なのかな。もう、そんなことどっちでもいいか」

「携帯電話を見たの？」

その言葉が、まるで俺のほうが悪いことをしているけれど責め立てないとでも言いたげな口調だったことに憮然《ぶぜん》とした。俺は持っていた彼女の白い携帯電話をテーブルの上に置いた。

無言で立ち上がると、そこで初めて彼女はあせったような表情を見せた。

「もう遅いから、おまえは泊まっていけよ。俺は朝までどこかで時間を潰《つぶ》すから」

「待って、お願いだからそんなことを言わないで。話を聞いて」

「もういいよ。俺も正直、疲れたし。このままもっとひどいことになる前に別れよう」

頬や耳がゆっくりと赤みを帯びていつものように彼女の目から涙が溢《あふ》れると、よりいっそう一刻も早く逃げたいという衝動に駆られた。財布と携帯電話だけ摑んで出て行こうとしたら両手で右腕を摑まれた。振りほどこうとしたが、予想外の力の強さに一瞬ひるんだ。

俺はため息をついた。

「じゃあ説明してみろよ。俺が納得できるように」

「一緒に暮らしてたのよ」

はっきりと告げられて、逆に怒りがゆっくりとひいていくのを感じた。俺は深く息を吸い、苦笑いしながら頭を掻《か》いた。

「それじゃあ一人暮らしだっていうのは嘘だったんだ」

「本当は、大学は実家から通ってた。夏休みに入る少し前ぐらいに家を出て、その人の部屋に住まわせてもらってたの」

「そんなに相手のことが好きだったんだ」

「そうじゃなくて、家じゃなければどこでも良かったの」

「一人で暮らせば良かっただろう」

「そんなの嫌というほど頼んだわよ。迷惑は絶対にかけないし、全部、助けなしで自分でやるからって。だけど、それでも許してもらえないから」

とにかく、俺は話を打ち切るように操の言葉を遮った。

「二人同時に付き合ってたのはたしかなんだろう。それだけで十分だよ」

彼女はそれでも俺の腕を放そうとせずに
「どうしてもだめなの。許してくれるんだったら、なんでもするから」

彼女の手を引きはがしながら、怒りを通り越して不思議な気持ちになった。揺れる長い髪を見ながら、この子にとって俺は一体なんなのだろうと考えたら今までの時間がすべて疑わしく思えて、うんざりした気持ちで顔を上げたとき、ふと台所に置いてあったハサミが目に入った。

それを摑んで差し出すと、操は一瞬だけ我に返ったような目で眉《まゆ》を寄せた。

「これなら、もしかしたら許せるかも知れない」

ハサミを受け取った彼女は次の言葉を待つように俺を見た。

「本当に俺と一緒にいたいなら、今ここで坊主にしろよ。それ以外に許せる方法は思いつかない。それが無理なら出て行く」

自分で宣言しておきながら、なんて無茶を言っているのだろうとあきれた。操はしばらくあっけに取られたような顔をしていたが、やがて唇の隙間から息を漏らして困惑したように小さく笑った。つられて俺も少しだけ笑った。

俺は、ごめん、と言って首を横に振った。

「だからもうやめような。楽しかった」

そう言ってふたたび玄関のほうへ向かったとき、背後でなにか軽いものが落ちる音がして、まさかと思って振り返った。

左耳周辺の髪が、根元の数センチを残して床に散らばっていた。俺が絶句していると、操はなにを驚いているのだろうという顔をした。そして無表情のままもう少し高い位置の髪を切った。痛っ、とハサミを入れるたびに小さく呟《つぶや》きながら。

青ざめてその腕を押さえると、足の裏で操の髪を踏んだざらっとした感触があった。着ていた白いパーカの表面に切られた髪の毛が何本も付着していた。

「なにやってるんだよっ」

「だって、こうすれば長月君、一緒にいるっていうから」

「そんなの信じるなよ。本当にやるなんて誰も思わないだろう」

「だって、だって私が悪いから。これぐらいするのが当然だと思って」

静かな口調でそう告げた操の体を抱き寄せると背中までびっしょりと汗をかいていて、ふいに出会った頃を思い出して泣きたくなった。

「分かった、責任は取るから。髪が伸びるまでは一緒にいる」

そう言って操を床に座らせた。結局、半分だけ髪が残っていても仕方ないので、残りの髪の毛も落として、それから残った短い毛を均等に近い状態に切り揃えた。

風貌《ふうぼう》なんかまるっきり違ってしまうだろうと思ったけれど、目の前に現れたのはいつもの見慣れた操の顔だった。ただ、いつも前髪で隠されていた額が出ると、いくらか目が大きく見えた。

念入りに掃除機をかけた後、なにか飲む物が欲しいと思い、操にそれを伝えると自分も行きたいと言い出した。そのまま外に連れ出すのはどうかと思い、スキー用の白いニットキャップを出した。それを深々とかぶせると本当にいつも通りの操の顔になった。顔がきれいに見える、と誉めると彼女は嬉しそうに笑った。その悪意のない笑顔に、また少しだけ泣きたくなった。

手をひいて扉を開けると頬を撫でた夜風の涼しさに驚き、俺もいつの間にか彼女に負けないくらいにびっしょりと汗をかいていたことに気付いた。

操はそれからも俺の部屋で暮らし続けた。一緒に過ごしているときはあいかわらず楽しそうにしていたものの、バイトは休んでいたし、外出も頻繁にはしなくなった。

それでもアパートの近くだったら帽子をかぶって買い物へ出かけているようだった。人目が気になるというよりも、長時間、帽子をかぶっていると頭が蒸《む》れてつらいらしい。

ベッドで先に眠った横顔を見ながら、もうすぐ大学が始まるのにどうするつもりだろうと思った。まるでこの部屋の中だけ時間がとまっているようだった。

ここまで自分に執着する操を、ここまでされてもすべてを水に流すことのできない自分の狭量を、そもそもそういう問題ではないことを幾度となく考えていた。

来週から大学が始まるという土曜日、食事の途中で操がいきなりトイレに駆け込んだ。ドア越しに苦しむ声が聞こえて、何事かとドアをノックして呼びかけたが、返事はなかった。

黙ったまま青ざめた顔で出てきた操は夕食を残してベッドに横たわった。

「なんでもないの。ちょっと疲れただけ」

追い詰められた目で呟く彼女の背中をさすりながら、本当は自分がちっとも操をいたわっていないことに気付いていた。本当に具合が悪いなら無理にでもタクシーに詰めて家に送るべきだ、という針谷の言葉が唐突によみがえってきた。

「前から気になってたんだけど」

なに、と操は苦しそうに胃をさすって深呼吸しながら聞き返した。

「どうして、してるときにかならず明かりを消すの？　昼間にするのは絶対に嫌がるし」

「それは、どうしても恥ずかしいから」

「着替えも？　俺がいない隙に着替えるのも、脱衣所がないからって風呂《ふろ》の後にわざわざ濡《ぬ》れた浴室で寝間着を着るのも、真夏にいつも長袖《ながそで》なんか着てるのも」

操は返事をしなかった。俺は彼女がキャミソールの上に羽織っていた長袖のシャツを肩から脱がした。最初に寝たときに虫が付いているのかと思った左腕を見た。白く残った傷《きず》痕《あと》が何本も走っている。その中の一つがかすかにふくらんでいて、触ってみるとあのときと同じ感触だった。

「どうしてだよ」

俺は元通りに服を着せながら耐え切れなくなって言った。

「どうしてせっかく五体満足に生まれて健康で、なのにこういうことをするんだよ。おまえ、この世で自分以外の人間は傷つかないと思ってるだろう」

「どうせ別れるつもりのくせに説教しないでよっ」

もう放っておいて。疲れ切ったように言って操は壁のほうに寝返りを打った。俺は立ち上がり、部屋の隅に置かれた彼女のカバンを開いた。携帯電話を取り出していると、驚いたように操が起き上がった。俺はかまわず登録された電話番号を検索した。

「なにしてるの？」

「おまえ、やっぱり帰ったほうがいいよ。親に連絡して迎えに来てもらう」

その瞬間、操はベッドから飛び起きてそれだけはやめてほしいと懇願した。無視して電話をかけようとしたら、ぎりぎりのところで携帯電話を奪われた。操はそのまま台所に走っていった。そして流しに携帯電話を落として勢い良く水道の蛇口をひねった。

彼女はまた床にしゃがみ込んで泣き出した。もうなにもかも疲れてしまい、俺は無言のまま先にベッドに入って眠った。

翌朝、目が覚めるとすでに操はいなかった。台所はきれいに片付けられて、昨夜の残り物にはラップがかけられていた。彼女の荷物と、白いニットキャップだけが見事に持ち去られた部屋はもとに戻ったはずなのに以前よりも殺風景で、天井がいくぶんか高くなったように感じた。

冷蔵庫から牛乳を出していると水音が聞こえてきたので、てっきり裏の家で水を撒《ま》いているのかと思って窓を開けたら、雨が降っていた。枯れて種もこぼし終えた向日葵《ひまわり》が雨に打たれているのを見ながら、もうすぐ夏が終わるのだと悟った。

それ以来、操からは一度も連絡はなかった。

俺はまた一人の生活に戻り、最初のうちは部屋に戻るたびにぼうっと放心してしまうこともしばしばだったが、そのうちに大学とバイトの忙しさに追われて次第に彼女のことも遠ざかっていった。

九月も終わりかけた頃、その夜はなんの用事もなかったので久しぶりに『蜂の巣』へ行くことにした。一人ではつまらないので一紗ちゃんを誘った。カウンター越しにいつもの調子で喋《しゃべ》る彼女と針谷を見ていると、なんだか自分の家に帰ってきた気がした。散々飲んだ後で一紗ちゃんと一緒に店を出た。

月が明るく、鼻歌を歌いながら歩いていた。なんの曲かと聞かれたので『美しく燃える森』だと答えると『めくれたオレンジ』のほうかと思ったと言われてちょっと傷ついた。

「そういえば結局、操とはあれっきり？」

「うん。どうせ今まで使ってた携帯電話は濡れて壊れただろうし。大学のほうには？」

「まだ来てないみたい。私がよけいなことを言ったせいだね。ごめん」

気にすることはないと俺は笑ったが、彼女はまだ複雑そうな表情を浮かべていた。

「長月君とのことが気になって、あれからほかの子にも聞いてみたんだ。そしたら操って、なんか親と上手《うま》くいってなかったみたい」

「ああ、そうみたいだね。よく分からないけど家の話になるといつも」

「あの子、春の新歓コンパのときに松葉杖《まつばづえ》ついてたんだよね。そのときは自転車で転んだなんて笑ってたけど、ほかの一年生に聞いたら、本命だった国立に失敗してお父さんに歩道橋から突き落とされたって。どっちが本当の話かは分からないけど」

俺は一紗ちゃんのほうを見た。言いたいことはたくさんあった。知っていたなら、肉体的な痛みなら、俺だって嫌というほど理解できたのに。何人いても死ぬときは一人だと気付いていたのは俺だけではなかったのではないか。

けれど今さら何を言っても仕方がなく、代わりに俺は家まで送っていくと告げた。マンションの前まで来ると一紗ちゃんは明るい顔で手を振った。俺も手を振り返して来た道を引き返した。人通りの減った裏道で、街路樹だけが静かに葉を擦り合わせて鳴っていた。

もう誰も待たないし待たせない部屋で、俺は今夜も好きなだけ煙草を吸ってゆっくりコーヒーを飲んで眠るのだろう。

屋根裏から海へ

哲にふられちゃったよ、という電話がかかってきたとき、僕はちょうど大学の授業を受けているところだった。まだ夏になる前のことで、昼休みが終わった直後の日当たりの良い教室内には全体的にゆるい空気が蔓延《まんえん》していた。

それでも教授が小難しい話の箸休《はしやす》めのように
「新歓コンパで盛り上がるのも良《い》いですけどね、もしも嫌がる新入生に一気飲みをさせた場合、言葉で脅しただけで、それはもう立派な強要罪ですよ。コップを無理やり口に持っていった場合は暴行罪に当たりますからね」

と言ったところで眠りかけていた学生が数名ほど顔を上げた。その反応に気を良くしたのかさらに入院なら傷害罪で死亡すれば傷害致死罪だと、さきほどより少し言葉に力を込めて説明した。けれど「傷害致死」の辺りで学生たちは、まあ当然だろうという顔をして、ふたたび机に突っ伏してしまった。

僕もあくびをかみ殺したとき、ジーンズのポケットで携帯電話が震えた。そっと机の下で開いた画面には真琴の名前が映し出されていた。彼女から電話がかかってきたのは一年ぶりぐらいだった。

授業の後でこちらからかけ直した。そのとき自分が彼女になにを言ったかはもう忘れてしまったが、とにかく僕らはその日を境にふたたび連絡を取り合うようになった。


「それで先週の日曜日は、その彼女と水族館へ行ったのね」

僕のお土産の絵ハガキを見ながら沙紀《さき》さんは言った。その絵ハガキは家庭教師先の教え子の弥生《やよい》ちゃんに買ったものだが、中学二年にして左耳に四つもピアスを空けた弥生ちゃんは数秒ほど平面的に笑った後で、すぐに姉の沙紀さんに手渡した。

「弥生はどうせ携帯メールがあるからいらないでしょう。私が秋人《あきひと》に手紙を書くときに使う」

彼女はそう言って笑った。彫りが深くてはっきりとした顔立ちの沙紀さんは、ただぼうっとしているだけでも深刻そうな表情に見えてしまうため、笑ったときに表情の崩れる瞬間がもっとも親しみやすくて良い。

しばらく他愛《たわい》ない話をした後、僕は飲み終えたカップを置いた。

「それじゃあ僕は、そろそろ失礼します」

そう告げると背の高い沙紀さんと小柄な弥生ちゃんが同時に立ち上がった。

そんじゃ、素早く片手を上げて弥生ちゃんがそう言ったので、僕は彼女のほうに向かって手を振った。

外は月が明るかった。真っ暗な夜道を自転車で走っていると、いきなり猫が飛び出してきて歩道脇の空き地に駆けていった。民家はまばらで、いつ通っても閑散とした印象を抱く。そろそろ秋の気配を含んだ風が吹き、潮の匂いが鼻の奥まで流れてくる。

海の見えるこの町に引っ越してきてから、そろそろ三年が経つ。天気の良い夜にはぶらっと遠回りして海岸のほうから帰ることにしている。自転車を走らせていると真っ暗な闇の中に海岸線が見えてきて、夏を終えた海水浴場は春先よりも広くなったように感じた。

そのとき真琴から電話がかかってきた。

左の横顔に潮風を感じながら、僕は右の横顔に携帯電話を押し当てた。

「ちょうどバイトが終わったところだったんだ」

「良かった。出るまでに間があったから、バイトの邪魔をしたかと思った。帰り道？」

「うん。夜中の海が見える。テトラポッドがずっと先のほうまで続いてるよ。こうやって月明かりの下で見ると骨みたいだな」

「加納君が怖がるテトラポッドだ」

「怖いんじゃないよ。無機質な感じが苦手なだけで」

すぐに訂正すると真琴は笑った。

「それよりもなにか用事があったんじゃないの？」

「うん。来週の同窓会に行けるのかを聞こうと思って」

たぶん行くと思う、と僕は答えた。道の向こうから巨大なトラックの光がこちらに向かってきたので、いそいで携帯電話を閉じてハンドルを切った。

因数分解って腹立つよね、と言われて僕は返答に困った。ロゴの入ったオレンジ色のタンクトップを着た弥生ちゃんは、机に頬杖《ほおづえ》をついて
「最初のうちはまだ分かったけど、どんどん式が連結されて長くなるじゃん。私、二つ一気に違うことって考えられないんだよね」
僕はため息をついて、端《はな》から解く気のない彼女に根気よく説明を続けた。
説明の途中で弥生ちゃんはマスカラでびっしりと黒いマツゲを揺らして
「これからは美容関係が伸びるよ。子供を産まない女の人が自分のためにお金を溜《た》め込む時代だもん。だから大学なんて行かないで、そっち方面の仕事をするんだ」
などと言い出し、なんだか釈然としないような、自分をわきまえているのはえらいと褒めたほうがいいような、複雑な気持ちになっていると

「加納先生はなにになるの」

珍しく彼女のほうから尋ねてきた。

「僕は弁護士を目指して司法試験を受けるか、大学院に進むかまだ迷ってる」

「大学院に行くと、どうなるの」

「自分のやりたい研究を続けて、上手くいけば将来的には教授の道だね。もっとも、どちらにしても何年もかかるけど」

へえ、と彼女は今日初めて僕の言うことに興味を示したような顔をして
「どっちにしてもすごいね。加納先生って頭良《い》いんだ」

「あの、僕は一応、春から君の勉強を見てるんだけど」

「うん。加納先生って数学だけじゃなくて、あたしが聞けば全部の教科を教えてくれるもんね。加納先生が中学生だった頃なんてすごい前でしょう。よく覚えてるよね」

その言葉に脱力していたときに姉の沙紀さんがお茶を運んできた。彼女たちの両親は共働きなので、夜はたいてい沙紀さんが家にいて食事のしたくなどをしているらしい。

弥生ちゃんがトイレに立った隙に今の話をすると、沙紀さんは楽しそうに声を上げて笑った。

「加納君には悪いけど、弥生に勉強はあんまり向いてないと思うな」

「僕もそう思います」

温かい紅茶を息で冷ましながら答えた。

「うちの親って二人とも高校を出た後に専門学校だったから。子供には大学へ行かせたいっていう期待があるのよね」

彼女は今年大学を卒業して、今は千葉県内のデパートで働いている。売り場の洋食器が割り引きで買えるため、いつも休憩のときに出されるティーカップは薄くて細かな装飾が施された高そうな物ばかりだ。

その夜の授業が終わって帰ろうとすると、沙紀さんが財布を片手にサンダルを履いて
「ちょっとそこの酒屋まで行くから一緒に出ましょう」

と言って、テレビを見るという弥生ちゃんを残し、僕と一緒に家を出た。

外はすっかり暗闇に塗りつぶされていた。大きくふくらんだ月明かりも足元までは照らしてくれない。酒屋まで送ります、と僕は言った。

「そういえば秋人さんは元気ですか」

自転車を引きながら、なにげなくそんな会話を振ったら、途端に彼女は険しい顔をした。

「なにかあったんですか」

と訊《き》いてみた。彼女は首を横に振った。

「なにも」

それは疑問や不安をまったく感じさせせまいとする返答で、僕は黙った。

沙紀さんにはもう付き合って五年になる恋人がいて、彼は今、大阪に転勤している。戻ってくるのは今年の十月だと聞いていた。彼が戻ってきたら家を出て一緒に暮らす予定だとも。そして、どうしてだか分からないけれど、彼女はそのことで今まで僕にたびたび相談を持ちかけてきた。

ずっと彼一人と付き合っていれば満足だったから男友達がいないの。そんな言葉を聞いて、恋人と友達は全く違う存在ですよ、と忠告したらなぜか笑われたことを思い出した。

道の遙《はる》か向こうにぼうっと酒屋の明かりが見えたとき、ふいに彼女が
「加納君は前に別れた彼女と今でも仲が良いみたいだけど、まだ彼女のことが好きなの」

その質問に、僕は軽くうなってから、口を開いた。

「なにせ別れたのが高校生のときのことだから、まだ好きかと聞かれたら、それは暗に、ずっと好きだったのかって聞かれていることになりますよね。それはいくらなんでもちょっとありえない話でしょうね」

僕の答えに彼女は苦笑した。

「ごめん、質問が間違ってた。今現在進行形で、彼女のことが好きなの？」

「恋愛感情というよりは、家族的な愛情に近いかも知れません。それに僕はたとえ誰かを好きになっても、その相手が自分じゃなくても良いと思うところがあるから」

「どういうこと？　自分のものにしなくてもいいっていうことかな」

「僕、その言い方は苦手なんです。そもそも人間は個々に違う存在なんだから、誰かのものっていう発想自体、成り立たないと思うんですけど」

なんだか沙紀さんはあっけに取られたような顔をしていた。雑木林の前を通りかかると色づき始めた銀杏《いちょう》の樹木が立っていた。風が吹いて、林のずっと奥のほうまで黄金色の一群が大きく揺れる。空は高くて、口を開いていると喉《のど》の奥が渇いてくるのを感じた。

「加納君って、ものすごくかしこまった考え方をするんだね」

「よく言われます。そんなことよりも、本当はなにかあったんじゃないんですか」

ふたたび尋ねると、彼女は少し迷った目をしてから
「加納君が聞いたら怒りそうなことだけど」

「それは秋人さんのことですか」

「一度や二度じゃないからね」

その答えで僕はすぐに女性関係のことだと気づいた。

秋人さんってほかにも女がいるみたい、という台詞《せりふ》を口にしたのは弥生ちゃんだった。

夏ぐらいのことで、扇風機が僕らの間でゆっくりと首を振りながら回っていた。

「おねえちゃんはいつも相手に好かれるために良い子でいようとして、ひどいことをされても文句を言わないの。あれじゃあ付き合った男になめられるよ」

そんな弥生ちゃんの言葉に、僕はたしか当たり障りのない返事をしたような気がする。

「そうと知っていて彼と付き合っているんですか」

僕は沙紀さんを責めるような口調にならないよう気をつけて言った。

「相手の女の子が一人ならくじけたかもしれない。だけど複数だったら、結婚する自分が一番強いからなんとかなるんじゃないかって錯覚するでしょう」

「しません」

即答したら傷つけるかと思ったのに、彼女は意外にも噴き出した。

「君って学校の先生みたい」

その一言が弥生ちゃんの言い方に似ていたので、やはり姉妹だと実感した。

「すみません」

「皮肉のつもりじゃないの。そういう加納君のきちんとした性格ってすごく良いなって思って。まだ若いからだって言う人もいるだろうけど、人間の基本的な資質って何年たっても変わらないものだから。君はきっとこの先、結婚したら、一人の女の子をずっと大切に愛していける人でしょうね」

「彼と別れたらどうですか」

沙紀さんは困ったように笑った。それからふっくらとした右手を宙に軽く持ち上げて、もうここでいいから、と暗闇の中に光る酒屋の看板を指さして言った。


高校の同窓会なんてそこまで新鮮味はないだろうと思ったら、意外にも女子の雰囲気がおそろしく変わっていたことに驚いた。地味だった同級生ほど垢抜《あかぬ》けているのは反動だろうか。そんなことを考えながら店内を見回していた。

一次会の店に真琴は三十分ほど遅れてやって来た。彼女は細身のジーンズの上に丈の短い赤い花柄のワンピースを重ね着して、白いベルトを巻いていた。そして今にも折れそうな細いヒールのサンダルを放るように脱いで座敷に上がってきた。走ってきたのか、頬がかすかに紅潮している。

「真琴、あいかわらず細いね」

ほかの女子にそう言われて、彼女は照れたように笑いながら
「あいかわらず色気がないってことだよ」

と言ってから、僕のとなりに腰をおろした。

「久しぶりじゃないけど久しぶり」

そんなあいさつの直後に店員を呼び止めて、生ビール、と注文したので僕は笑った。

「今日は佐伯さんはどうしたの」

「会いたい人はとくにいないから行きません、て」

「佐伯さんのそういうはっきりしたところ、本当に変わらないんだな」

「私は？」

僕は彼女の目を見ようとしたが、それよりも先に口元に視線が動いた。薄いピンク色で塗られているせいか、薄い唇が少しふっくらとして見えた。

「君も変わらない」

真琴はがっかりしたように黙り込んだが、それでも目元は笑ったままだった。

二次会ではカラオケボックスに移動した。僕はカラオケが嫌いなので、できるだけ隅の目立たないところに座っていた。すでに元同級生たちは安いサワーや低い天井に漂う煙草のケムリでわけが分からなくなっていて、マイクはその集団の中を行ったり来たりしている。

トイレのために席を立つと、真琴が廊下の壁に寄りかかっていて

「さっきから歌ってないね」

と僕を指さして言った。

「うん。カラオケって昔から苦手なんだよ。歌っているとき、歌っている自分とそれを見ているまわりとの間にすごく距離があるような気がして、恥ずかしいんだ。人が歌っているのを聴くのは楽しいし、好きなんだけど」

彼女は一瞬だけきょとんとしてから、すぐに笑って

「たぶんみんなの中で誰よりも変わっていないのは加納君だよ」

もう帰ろう、と彼女は続けた。

受付のところで自分たちの分のお金だけ払ってしまい、誰かに見つからないうちに二人で店を出た。熱くなった体に夜の空気がひんやりと寄り添ってきて気持ち良かった。

それから僕らは電車に乗って移動し、彼女がよく行くという小さなバーに来た。店内にはほとんどお客がおらず、こんなに空《す》いてるのは珍しい、と真琴が囁《ささや》いた。

僕らはカウンターの席に着き、やけに大柄で無愛想なバーテンダーに彼女はテキーラベースのカクテルを注文した。

「君はそんなに飲むほうだったっけ」

「うん。だけど私、誰かと一緒だと絶対に酔わないんだ。だから、そこまで飲んでるように見られないんだけど」

「警戒というか注意というか、そういう本能が働くのかな」

真琴は出された透明なカクテルに口を付けながら

「たぶん人前で格好悪い姿って見せたくないんだと思う。飲んでるときって本音が出やすいからさ。泣いて騒いだりとか、そういうのって後から絶対に後悔するし、親しい人に変な心配させるのも嫌だし」

「だから君はあのときも」

「え？」

なんでもない、と僕は首を横に振った。

その夜は二人で長々と話しながら飲んで、僕の終電が無くなる前に駅で別れた。

彼女は別れる間際に、今度アルバイトがない日にでも僕の家へ遊びに行ってもいいかと尋ねた。

「いいよ。本当になにもないところだから、がっかりするかも知れないけど」

「全然かまわないよ。私、人の家へ行くのって大好きなんだ。その家を使ってる人の性格とか習慣がそのまま映し出されていて、おもしろいから」

そして彼女は本当にあれほど飲んだとは思えない明瞭さで、おやすみ、と言うと、すぐに背中を向けててホームへの階段を駆け上がっていった。

家庭教師の日、夕方に訪ねていくと沙紀さん一人が出てきて、弥生ちゃんはまだ部活から帰っていないと言われた。

彼女を待っている間、沙紀さんは台所でコーヒーを入れてくれた。それから手作りのスコーンも出してくれた。スコーンはクッキーよりも簡単に焼けるらしい。ふっくらしたスコーンを二つに割ると、中から湯気があふれてくる。苺《いちご》ジャムとバターの両方を多めに塗って口に入れた。

「うまい」

「良かった。いつも家族に食べさせるだけだし、味なんて気にしない人達だからちょっと心配だったの」

それから彼女は向かい側の椅子に腰掛けてカップに口を付けた。熱い、と小さく呟《つぶや》く声が聞こえた。

窓の外では雨の音が響いている。まだほんのかすかに残っていた夏の気配を、完全に洗い流す雨の音だ。

「自分がこうやってお茶を飲んでいるとき、よその場所にいる親しい人達は今なにしてるんだろうって思わない？」

その言葉に僕は少し身構えたが、彼女はおだやかな笑顔でスコーンを手に取った。深爪ではないかと思うぐらいぎりぎりのところまで爪が切られている。淡いピンク色のマニキュアだけが控えめに塗られている。僕は華やかな装飾を施された長い爪よりも、彼女のように清潔感のある爪が好きだった。いかにも手仕事をする女性の手だ。

「たまに、もう会わなくなった友達とか別れた恋人とか、そういう人達のことを思い出して、そうするとなんだか急に切ない気分になって、いても立ってもいられなくなるの」

「いても立ってもいられなくなったら、どうするんですか」

一問一答みたい、と彼女は軽く笑って、じっと自分の手元を見た。

「べつにどうもしないの。そういうふうに思い出すだけ。実際に会ったりしたらそれはもう、私が会いたかった人達じゃなくなるから」

そう言ってから、彼女はスコーンを齧《かじ》った。

「そういうものかな」

「加納君だったら、会いに行く？」

僕はしばらく自分に置き換えて考えてみた。そのことに関して思い出せる人間はそんなに多くなかった。

「いいえ、やっぱり僕も会いには行かないと思います。ただ、思い出して苦しい、ちょうどその過去のある時点に戻れるなら話はべつだけど」

「どういうこと?」

「以前、沙紀さんは聞きましたよね。前の彼女のこと」

「うん」

「ずっと後悔してることがあるんです。彼女と付き合ってたとき、僕の両親がこっちに家を買う少し前で、ものすごく仲が悪い時期だったんですね。今はもう大丈夫だけど、あのときは毎晩のように口論をしていたし、いつ離婚してもおかしくない状態だった。だから僕は両親の不仲にすっかり気を取られていたんです。

それであるとき、夕方に突然、家まで来た彼女をろくに話も聞かずに帰したことがあるんです。たしか、母親が家を出て行くって騒いでいて、それをなだめるのに忙しかったんです。真琴は『忙しいときにごめん』て僕に謝って、笑顔で帰っていった。今でもはっきり覚えてる、真っ赤な夕暮れがばあっと空一面に広がっていて、うちの前の坂道を下っていった後ろ姿が妙に淋《さび》しそうで。

翌日に彼女の祖母が亡くなったことを担任から聞かされて、僕ははげしく後悔しました。彼女はお祖母《ばあ》ちゃんとものすごく仲が良かったから相当なショックだったに違いないんです。それからなんとなく上手《うま》くいかなくなって僕らは別れました。

だから僕は彼女に対して今さら恋愛感情を持つ権利なんてないんです。ただ、その代わりに自分にできるかぎりのことはしてあげたいとも思う。それは自己満足に過ぎないかも知れないけど」

「それはタイミングとか時期とか、そういう仕方のないことが積み重なってしまったんだから加納君のせいじゃないわよ。だけど、君が彼女に対してそういうふうに思っているのなら自分が満足するまで親切にしてあげればいいの。それを自己満足なんて思わないで」

僕が顔を上げると、彼女は真剣な顔でこちらを見ていた。

「そうですね」

僕らはお互いに頷《うなず》いた。それから軽く沈黙した。沙紀さんの顔から珍しく表情が消えたので、僕はちょっと戸惑った。

自惚《うぬぼ》れかも知れないが、少し前から彼女が僕になにかしらの救いを求めているのではないかという気がしていた。僕と弥生ちゃんのやり取りをながめる視線や、玄関の前でこちらに向かって手を振る時間の長さ、そういう態度の端々に滲《にじ》み出てくる彼女の淋しさが、ゆっくりと近づいてきて僕の腕を掴《つか》んでいるようで、いたたまれない気持ちになる。

それでもどうすることもできないのは、弱っている人にはできるだけ優しくしたいと思うと同時に、自分の中の道徳や倫理は絶対に曲げたくないと僕自身が決めているからだった。そしてそれはきっと、どちらも彼女の求めていることとは微妙に違うのだ。

　僕は次の会話を上手く選べずに黙っていた。雨の音がふいに耳元まで近づいてきたような気がして思わず振り返ると、玄関のほうから弥生ちゃんの声が聞こえてきた。


　夕食の後に部屋で雑誌を読んでいると、母に呼ばれた。父から電話で、仕事帰りに駅で事故が起こって電車が止まっているという。車で迎えに来てほしいと言われ、僕は車のキーを片手にスニーカーを履いた。こういうときのために父は僕に新車のレガシィを気安く貸してくれるのだと思う。

　四つ先の駅周辺は明かりが消えていて、ぽつんと一つだけ大きく灯《とも》った改札のところに夏物の背広を着た父は立っていた。彼が助手席を開けて乗り込んで来ると、なんだか自分がとても大人になった気分になる。

「飲んできたから運転は任せたぞ」

「分かってる」

　頷いて僕はエンジンをかけた。

　車内のBGMは父がうるさいと嫌うリンキンパークだったが、今日は文句を言われなかった。信号でふっととなりを見ると、父は目を閉じてうつむいていた。無表情のときも口元にはっきりと刻まれて消えることのない皺《しわ》が見えた。もともと特別若く見える顔立ちではないにしろ、こんなふうに深い皺が父の顔に現れたのはたしかここ数年のことだ。

大きな通りに出ると少しだけ店が増えた。コンビニもファミリーレストランも駐車場が無駄に広くて強い光を放っている。通り過ぎるマンションやアパートはどこも人の出入りがなく、中で住人が死んでるのではないかと疑ってしまうほどだった。

「お父さん」

寝息が聞こえないので話しかけてみた。

「どうした」

父の細い目が開いた。

「来週ぐらいに車を借りてもいいかな」

「いいけど、なにに使うんだ」

「一人でどこかぶらっと出掛けて来ようと思って。一度、そういう一人旅みたいなことをしてみたかったんだ」

「なんだ。女連れなら貸してもいいって言おうと思ったのに」

僕は苦笑して一瞬だけ彼のほうを見たが、父は真面目な顔をしていた。

「そういう相手はいないから」

「どうして？」

「どうしてって言われても。もてないからだよ」

「それは違うと思うな。おまえ自身がそういう相手がいらないと思ってるように見えてるんだよ、きっと」

意外なことを言われた気がして、僕は言葉に詰まった。あんまり道が空《す》いているためにまわりの車がどんどん速度を上げている。つられていたら、いつの間にか制限速度から二十キロを超えていたので、慌ててスピードを落とした。

「そんなふうに見えるかな。お父さんの勘違いだろう」

「いや、親の目から見ても、おまえは子供の頃から妙な安定感があって、いろんな物事や自分の状況に対して、いつも、ものすごく満足しているように見えるんだよ。それは良いことだけど、自己完結しすぎていて、少しつまらなくもあるよな」

つまらない。口の中で復唱してから僕が考え込んでいると、突然、父は笑い出した。母がいつも僕の声と区別がつかないと言う声で。

「そんなに難しい顔をするなよ。まだ若いんだから、そのうちにどんどん変わるんだ」

「そうやってなんでもかんでも若さで解決できると思うなよ」

「そういう深刻さも若者ならではだな」

なにを言っても無駄だと思い、僕は音楽のボリュームを上げた。

「自分は喋《しゃべ》らないくせに、本当にうるさい音楽が好きだな、おまえは」

ようやくいつもの台詞《せりふ》を口にしてから、車は好きに使いなさい、と父は思い出したように付け加えた。


夕方まで図書館でレポートを書いた帰り、自転車を走らせているとTシャツにグレーのジャージのズボンという姿でジョギングをしている沙紀さんに出会った。

「なにしてるんですか」

僕は驚いて尋ねると
「最近、太ってきたからダイエットでもしようと思って」

そう言った彼女の二の腕は引きしまっていて、とくにそんな必要はないように思えた。

「あんまり遅くなると危ないですよ」

「それじゃあ、加納君も軽く付き合ってくれる？」

僕は腕時計を見た。もうすぐ七時だった。

「軽くなら良いですよ。夕飯までには帰るから」

それから自転車を漕《こ》ぎ始めると、ふたたび彼女は走りだした。その速度に合わせてペダルを漕ぐと足のふくらはぎが張ってきて、僕のほうが運動不足だ、と思った。ざあっと周辺の樹木や畑が倒されたように風に吹かれて、かすかに濃い闇をかき散らした。

工場の跡地の前で彼女は走るのをやめてゆっくり歩き始めた。僕も自転車から飛び降りて彼女の横に並んだ。喉《のど》の奥が渇いていた。

「走ったらすっきりした」

「また、なにかあったんですか」

「なにも」

「こんな会話、前にもしましたね」

「仕方ないの。好きなのよ。高校のときにバイト先で社員だった彼と出会って、いつも親切にしてくれたけど、あの人には違う美人の彼女がいて、私は恋愛すらしたことのない子供だった。それから彼女と上手くいかなくなったときに相談されるふりをして横入りした。そういうふうに始めたからどうせいつか同じ目にあうだろうと思ってた。意地かも知れないけど、それだけじゃないのも分かってるから」

そのとき僕はなんだかものすごく腹が立った。額に冷たいものが落ちてきて、気のせいかと思ったが、じょじょに水滴は量を増してきた。

「雨ですね。もう帰りましょう」

彼女は頷《うなず》いた。それからもう違うことを考え始めているような目で、今は廃墟《はいきょ》となったコンクリートの巨大な工場のほうを振り返っていた。夜空は灰色の雲が覆いつくして月の影すら見えなかった。

彼女の家の前まで送って来たとき、ふと僕は屋根のほうを見上げて

「そういえば前から気になっていたんですけど、この家って二階よりも上があるんですか」

「うん、普段はハシゴを外してあるけど屋根裏部屋があるの。今は物置にしてる」

ドアを開けた沙紀さんは、こちらを振り返って

「良かったら上がってみる？」

「ちょっと興味はありますけど、いいんですか」

頷いて彼女は二階へ僕を案内した。

二階の納戸にはたしかにハシゴがしまってあった。ハシゴを抱えた彼女は廊下の隅まで来てから天井を指さした。正方形の小さな穴が空いていた。

屋根裏部屋はまっすぐに立っていられないぐらいの天井の高さで、僕はしばらく身をかがめて歩いていたが、やがて面倒になり、絨毯《じゅうたん》の上に両手をついて這《は》うように動き回った。

沙紀さんはジャージの裾《すそ》が汚れるのも気にせず、壁際に寄せられていた段ボールの前に

座り込んだ。

「ついでに読みたかった本を探すから、適当に見学していて」

そう言って段ボールを開けた。その間、僕は少し離れた壁に寄りかかっていた。

一つだけ小さな窓があって、はめ込まれたガラスは風に打たれるたびにカタカタと小刻みに音をたてていた。そのためさらに屋根裏の静けさが際立つ。僕は天井の裸電球を見上げていた。

「なにかいる」

「え？」

彼女は一瞬だけ振り返った。泣いた後のように眼球がかすかに濡《ぬ》れていた。いそいで天井に視線を戻すと、円を描くようにして大きな蜂が飛んで来た。

「なんだ、蜂か」

「刺されないように気をつけてね」

やけに抑揚のない声で彼女は言った。それからまた段ボールと向かい合った。

あった、と沙紀さんが声をあげて摑《つか》んだ黒い本の表紙をそっと撫《な》でた。手のひらからこぼれるように細かな埃《ほこり》が落ちる。

彼女がこちらを向いて片手をつくと、床板がぎしっと低い音で鳴った。ゆっくり片手を離すと、今度は少し間延びした音が聞こえた。なにかと思って立ち上がろうとしたら、近づいてきた彼女に床に倒された。急に体重をかけられたのでうまく受け身が取れずに後頭部を打った。

目の前には沙紀さんの顔があった。彼女の背後から照らしている電球の明かりは天井の木目まではっきりと映し出しているのに、僕が下から見上げる彼女の顔は逆光で薄暗かった。

一言でも声を出したら崩れてしまいそうなほど張り詰めた空気の中で、彼女は僕に短いキスをした。

目を閉じると風の音に紛れて部屋のどこかを飛んでいる蜂の羽音が聞こえた。彼女の指が頰に触れた。冷たい手だった。

「やめてください」

そう言った瞬間の彼女の表情を見るのが嫌で目を閉じたまま告げると、一瞬だけ指が離れた。けれど、それは本当に一瞬のことで、ふたたび指はこちらの体に戻ってきた。今度はシャツのボタンを握ったのが分かった。

僕は勢い良く上半身を起こした。そして逆に倒れそうになった彼女の右腕を摑んだ。彼女は泣いていた。

「あなたは自分の恋人と同じことをしたいだけでしょう」

彼女は静かに涙を流したまま首を横に振った。

「あるいは、僕が別れた恋人を今でも大切にしているのがうらやましいだけだ」

「君はこんなときでもそういうふうに正しいことを言うのね」

そう言った沙紀さんの言葉にはかすかな悪意が感じられた。それが本当は僕に対するものではないにしろ、弥生ちゃんの部屋で過ごしていたときの穏やかな沙紀さんと今の彼女はまったく遠いところにいるように感じられ、そのことが僕は哀しかった。

「僕はあなたにまで不誠実な人間になってほしくないんです」

「あなたは今までに誰かに対して不誠実になったことは一度もないの」

「ありません。その代わりに、そこまで愛憎がごっちゃになるほど誰かを好きになったこともないけれど」

そう言いながらふと彼女の背後を見ると、先ほど取り出していた本が邪魔にならないようにきちんと段ボールの上に戻されていることに気付いた。

「少なくとも、それは今じゃないんです」

そう言うと、彼女はなにも言わなかった。僕は彼女の横を擦り抜けてハシゴを下りた。

外は風が強くて細かい雨が降り始めていた。きっと海のほうもものすごく荒れているだろう。重い荷物を運んでいるみたいに自転車を引きずりながら色々なことを思い出した。

僕はもっと沙紀さんに違う言い方をするべきだったのかも知れない。それから真琴のことを思い出し、そんなことを考えていると次第に自分の価値観や良心が歪《ゆが》んだもののように感じられた。

濡れた前髪が額に張り付き、目を細めても暗闇はどこまでも暗闇で果てしない。離れた民家の明かりを数えながら、僕はその夜、びしょ濡れになって家まで帰った。

沙紀さんとのことがあった翌週の土曜日、真琴が僕の家まで遊びに来た。

小さな駅に降り立った彼女は笑顔で手を振ってきた。

しばらくひとけのない商店街を歩き回った後、なにもないことを実感した彼女は僕の家に来た。

僕の部屋で音楽を聴いたり雑誌を見たり、ゲームをしていると
「こんなに遠くまで来たのに、やっていることはご近所さんと変わりないね」

と彼女が言った。

「そうだな。君とこうやってると高校生のときみたいだよ」

僕は手の中のトランプを広げた。床にカードを捨てる音がやけに大きく聞こえる。窓の

前に座った真琴の肩越しには青空が広がっている。

ふと真琴が怪訝《けげん》そうな表情でこちらをじっと見ていることに気付いたので
「なに？」

「加納君ってさ、なにか小難しいことを考えてるとき、いつも人差し指で下唇をいじりながら黙るよね」

「そうなの？　自分では気付かなかった」

「そっか。加納君ってなんでも分かってるように見えるから、てっきり知っててやってるんだと思った」

「僕はそんなになんでも分かってるように見えるのかな」

思わず尋ねると
「見えるよ。どうしたの、急にそんなことを訊《き》くなんて」

「いや、なんとなく。分かってるように見えて、本当は全然分かっていなかったり、それに分かっていても外側から見ようとするばかりで、自分の感情で動いたり衝動に任せたりすることはできないから」

「べつにいいじゃない。だいたい衝動的で感情的なんて、そんなの加納君じゃないよ。もともとの性格っていうものがあるんだから、なにも感情を剝《む》き出しにすることばかりが人間的なわけじゃないよ」

真琴はくだけた調子で一息に言ってから、笑った。僕も思わずつられてほほ笑んだ。

「そうだね。自分らしくないことを無理にする必要はないよな」

「そうそう、たとえ生真面目で頑固すぎて融通が利かなくても、それが加納君の長所でもあるんだから。それよりあがりだよ」

けなすところはきっちりけなして、彼女がざっと手持ちの札を床に広げたので、僕は目が点になった。そして僕が財布から出した五百円を、彼女が嬉《うれ》しそうにジーンズのポケットに押し込んだ姿を見て、久しぶりに解放されたような温かい気持ちがゆっくりと込み上げてくるのを感じた。


日が暮れる頃、辺りが真っ暗になる前に帰るという真琴を送りがてら、二人で海のほうへ行ってみることにした。舗装された道路脇では雑草が揺れて、背後からやって来た車を避けるために草むらに足を踏み込むと、靴の裏で泥のへこむ感触が伝わってくる。車の往来が増えてきたので、僕は道路側を歩いていた真琴の反対側へ移動した。

目の前の風景が次第に暗闇に沈んで、自分の足元さえも確認できない暗さになってくると、真琴は何度か背後を振り返って

「夜中に一人で道を歩いてたら、拉致《らち》られるね」

拉致られる、という言葉が妙に耳に残った。僕の中では、彼女はあまり言葉を省略しないイメージだったのだ。そう漏らしたら
「加納君が正しい喋《しゃべ》り方をするから、私も気をつけてたんだよ」

真琴はぶらぶらと両腕を揺らしながら明るい顔で、潮の匂いがしてきた、と声をあげた。

「もうすぐ海が見える？」

「いや、残念だけど漁港があるだけ。もっと歩かないと、いわゆる海らしい海は見えないけど、どうする？」

「海は海水浴で見れるけど、漁港はあんまり行ったことがないから、見たいな」

そんな彼女の一言で、僕らはまっすぐ細い砂利道を突き進んだ。

急に少し視界が明るくなって、人工の明かりに照らされた小さな漁港が現れた。コンクリートの船着き場には数隻の船が止まっていた。

少し古びた白い漁船の表面にはそれぞれの船の名前が大きく書かれていたけれど、その立派な名前とは裏腹に一隻、一隻の間が離れているせいか、出港を待っているというよりは夜の中にぽつんと取り残されているみたいだった。

海水の表面はかすかに波立って揺れている。潮の香りはそんなにきつくなかった。真琴

はそっと水ぎりぎりのところまで近づくと、サンダルを脱いできっちりそろえた。飛び込む直前のように思えて胸の中が一瞬ひやっとした。

コンクリートの上に座り込んだ彼女はそっと素足を海水に浸して、冷たい、とても小さな声でそう呟《つぶや》いた。僕はとなりに腰をおろして固いコンクリートの上にあぐらをかいた。

「加納君、そんな座り方だとジーンズが汚れない？」

「大丈夫だよ。どうせ、そろそろ洗おうと思ってたし。少し色あせたほうが好きだから、けっこうマメに洗濯してるんだ」

そんなことを喋っていたら急に彼女が苦しそうな顔をしたので、僕は口をつぐんだ。

「真琴」

「一生懸命やったんだけど」

途切れ途切れの、掠《かす》れた声だった。にわかに身を前に乗り出して本当に水の中に突っ込んでしまいそうだったので、僕は一瞬だけ迷ってから、右手を真琴の前に突き出した。彼女はふっと両手で僕の右手を掴んでから、僕の膝《ひざ》に倒れ込んできた。その背中を撫《な》でているとジーンズに涙が落ちてどんどん染み込んでいった。

真琴は押し殺した嗚咽《おえつ》を漏らしながら

「がんばったんだけど、ダメだった。なんでだろう、どうしてこんなふうになったんだろう。哲がいなくなったあの日からずっと考えてる、なにを間違えなかったら彼は今でもとなりにいたんだろうって。自分がなにもかも悪いような気がしてたまらなかった。夜が長すぎて、淋《さび》しいよりも悲しいよりも怖かった。朝が来たのに新しくならない、眠るのも全部をリセットするんじゃなくて、ほんの数時間だけ見ないふりさせてくれるだけで、でも、何度も楽しかった頃のことが夢に出てきて、たまらなかった」

「そういう夜は、いくらでも連絡してきてかまわなかったのに」

「ただでさえふられた後に色々お世話になったのに、これ以上はあんまり頼っちゃいけないって思ってたから。それに一度、精神的に弱ってるときに寄りかかると、甘えるクセがついていつまでも自分で立ち直れない気がしたから」

「僕は君のそういうところ、すごく尊敬してる」

そう言ったら彼女は僕の膝から真っ赤になった顔を上げた。そんなはずはないのに、初めて真っ正面から真琴の顔を見たような気がした。

胸の中に押し寄せていた後悔も憐憫《れんびん》も懐かしさも一瞬かき消され、僕は初めて彼女のことを友達でもなく恋人でもない位置から見ていた。

そのうちに彼女がゆっくりと体を起こした。お互いに浅く息を吐いてから、僕らはふたたび水面のほうに視線を向けた。

「もう涼しいね」

いつもの声に戻った真琴が、真っ暗な空に浮かんだ半月を見上げながら言った。

「長かった大学の休みももうすぐ終わるし。加納君は良《い》いなあ、九月末まで休みだもんね」

「うん。だから今週末、ちょっと一人で旅行へ出掛けようと思って」

途端に彼女は意外そうな声をあげて

「旅行？　どこへ」

「行き先は決めずに車でぶらっと行こうと思ってる。お金はないから、たぶん旅館じゃなくてビジネスホテルに泊まるか車の中で寝るつもりだよ」

いいなあ、と真琴は実感のこもった言い方で呟いた。泣いたときにゆっくりと引き戻されていくみたいな横顔に

「一緒に行く？」

考えるより先にそう誘っていた。

彼女はさらに驚いたような顔をして訊き返した。

「いいの？」

「君がいいなら僕はかまわないよ。だけど貧乏旅行だから、そのへんはあんまり期待しな

いでほしいけど」

「それは全然かまわないよ。なんなら寝袋でも持っていくから」

「それじゃあ僕がホテルに泊まってる間、君は車の中で寝袋だね」

「それで朝になったら車がなくなってたりしてね」

「うちの父親が無理して買ったばかりの新車だから、やめてください」

「そうしたら加納君がまた違う車に乗って逃げればいいんだよ」

「コンビニの傘立てじゃないんだから」

僕があきれると彼女は笑った。

帰りは彼女を駅まで送っていった。時刻表を見ると、電車が来るのは二十分後だった。改札の横に座ったまだ若い駅員はぼうっとした表情で向かい側の定食屋の明かりを見ている。あくびをすると、真琴はじっとこちらを観察するように見てから
「加納君って、すごく歯並びが良かったんだね」

「そうかな、普通だよ」

「少なくとも私よりはきれいだよ」

歯を見せるように言うと、彼女はきゅっと唇を開いた。たしかに八重歯が若干前のほうに迫《せ》り出していた。笑ったときに愛嬌《あいきょう》のある表情になるのはそのせいだと気付いた。おも

しろい歯だなあ、と言ったのは褒めたつもりだったが、彼女はむっとした表情で
「くそう。自分の歯がきれいだからって、そんな厭味《いやみ》を言うなんて」

「ひどいなあ。褒めたつもりだったのに」

「女の子の外見に、おもしろいっていう言葉を使うのは、けっして褒めてない」

「そうかな。君だってよく佐伯さんのことをおもしろいって言ってるじゃないか」

「私はいいんだよ。だって瑛子のことが大好きだし、尊敬してるんだから」

僕だって、そう反論しかけた自分にびっくりした。あわてて言葉を濁した。

やがて電車に乗り込んだ彼女は扉近くの手摺《てす》りにもたれかかり、薄い胸の上で手を交差させて白いカバンを抱いた。冗談を言って笑っていたときとは違う、表情の消えた静かな横顔をしていた。

僕は電車と彼女の姿が完全に見えなくなるまで改札から見送っていた。

やがて電車が去ってしまうと、先ほどの真琴の横顔よりもさらにずっと濃い静けさが小さな駅に戻ってきて、僕はゆっくりと改札から離れた。

新しい旅の終わりに

幼い頃に好きだった絵本は、主人公の少年が一人で冒険に出る物語だった。出発前に少年が荷物を一つ一つリュックサックに詰める場面が大好きで、何度も読んだ。遠足や旅行は、出掛ける直前がいつも一番楽しいものだ。

着替えや化粧品をボストンバッグに入れながら、私はそんなことを思い出していた。

旅行の前日には瑛子と昼ごはんの約束をして、新宿で待ち合わせをした。

パスタ屋で食後にカボチャのプリンを食べていると、瑛子は陶器の白い容器を空にしてから軽く息をついて紅茶を飲み、ゆっくりと顔を上げて

「そういえば加納君との旅行はいつ行くんだっけ」

「明日。もう支度はできてるから、やることはとくにないんだけど、なんとなく気持ちがそわそわしちゃって」

「車で移動したり寝泊まりするんでしょう。そうとう遠くに行くの？」

それがね、と私はちょっと慎重に言葉を切った。

「行き先は結局、あらかじめ決まった場所になった。加納君が馬鹿正直に、女の子と一緒

に行くことになったって親に言ったらしくてね。そうしたら」

「反対されたの？」

私はコーヒーに角砂糖を落としながら首を横に振った。

「よくそんなに苦そうなコーヒーが飲めるわね」

「すごく苦いコーヒーに砂糖を入れて飲むのがおいしいんだよ。そうじゃなくて加納君のお父さんが、女の子連れだったら車で寝泊まりなんて危ないからとんでもない、て言ってお金を貸してくれたらしい」

「良かったじゃない、素敵なお父さんで」

からかうような口調で瑛子は笑った。

「加納君が一ヵ月、洗車と、お父さんが終電を逃したときのお迎えをするっていう交換条件付きだけどね。それで結局、行き先は栃木の温泉になりました。加納君が家族旅行で一度、行ったときに泊まった旅館が良かったからって」

それって本当にただの旅行じゃない、と彼女はあきれたように言った。それから半分ほど飲んだ紅茶をふと見て、思い出したようにレモンの薄切りをさっと浮かべた。

「そうなんだよ。本当にただの旅行なんだよね」

私は軽く黙り込んだ後で

「部屋とか一緒だよね。どうしよう」

そう呟《つぶや》くと、瑛子は、知らない、と素っ気ない声で答えた。

「そんな冷たいことを言わないでよ」

「いいじゃない、どうせ一度は付き合ってたんだから。車内だろうと旅館だろうと、同じ屋根の下で一晩過ごすことに変わりはないわよ」

「一度、付き合っていたとは言っても、なんていうか私と加納君は」

「分かってる、三ヵ月、デートの後で真面目に家まで送り続けた加納君の話はもう聞き飽きたぐらいよ」

「それなのにいきなり泊まるなんて、彼はいったいなにを考えているんだと思う？」

「そんなの真琴だって同じことでしょう。一緒に行くっていう返事をしたんだから」

「加納君だったら大丈夫だと思ったんだよ。なんていうか、変なことにはならないだろうって。だけど月日が人を変えることもきっとあるよね。加納君のことは好きなんだけど、やっぱり今は付き合っていない二人が旅行っていうのはまずかったかな」

瑛子は、知らない、と今度は少し楽しそうな顔でふたたび呟くと、紅茶をすべて飲み干してから
「ねえ、だけどその好きっていう言葉はどういう意味で使ってるの」

と訊《き》かれたので、私は軽く言葉に詰まった。

「そんなに難しい顔をしないでよ」

「分からないんだよ、たしかに旅行のことが決まったときには、加納君と行けることが純粋に嬉《うれ》しかった。だけどそれだって、一分前までは哲の話を彼にしていたんだよ。なのに、いきなり加納君が好きだなんて、そんなにお手軽でいいのだろうか」

「もともと惚《ほ》れっぽいくせに、いまさらなにを言ってるの」

「だってほら、加納君には色々とお世話になったし、友達としては上手《うま》くいってるし、もしかしたら今の距離が一番ちょうど良いのかもしれないでしょう。それに彼が私のことをどう思っているのか」

「そんなことは本人に聞きなさいよ」

彼女は打ち切るように言って、椅子の背もたれにかけてあった白いカーディガンを取って片腕を通しながら

「まあ、楽しい旅行になるといいわね。温泉のお土産なんていらないけど帰ってきたら話ぐらいは聞かせてね」

ものすごく無責任な口調で言われたので、私は素直に返答ができずに低くうなってしまった。

車に乗り込んだとき、加納君の横顔が一瞬、知らない男の人に見えた。

それは前日から抱いていた緊張のせいか、それとも車内という狭い空間に二人きりになったせいか分からないけれど、意外と距離が近いことに慣れていなかったのだと気付いた。

それでも彼がいつも通りの笑顔で
「たぶん二時間半ぐらいで着くと思うけど、途中で渋滞したら眠っちゃってもいいから」

と言ってくれたので、私はほっとして頷《うなず》いた。

車を発進させる前に、彼は後部座席から白い毛布を取り出すと、それを私の膝《ひざ》の上に掛けようとしてくれた。けれど毛布が大きすぎたために、私はその毛布に首まですっぽりと埋まってしまった。

ごめんごめん、と加納君が慌てたように言ったので
「大丈夫。なんだか、こうやって毛布の中に入っていると落ち着く」

良かった、と彼は安心したように片手でハンドルを握った。横顔が、また、見慣れているはずなのにどこか遠い男の人の気配を滲《にじ》ませる。

車内のBGMはどこかで聴いたことがあって、尋ねたら映画の主題歌で使われたエヴァネッセンスの曲だと教えてくれた。

「加納君がこういう曲を聴くって少し意外だな。バラードとか、しっとりした感じの曲が好きなのかなって勝手に思ってた」

「父親や遊びに来た友達にも言われる。そういえば前にCDを貸したとき、弥生ちゃんにも言われたたな」

「弥生ちゃんって」

「ほら、家庭教師先の中学生。悪い子じゃないんだけど、いかにも最近の子っていう感じで、なんでも思ったことをすぐに口に出しちゃうんだよな」

「苦労してるんだね」

彼は苦笑してから、ふと途切れたような無表情で運転している自分の手元を見た。

「だけどもうすぐ辞めるから」

私はちょっと驚いて聞き返した。

「あれ、だけどその子の受験はまだ先だよね」

「うん。まあ、色々と事情があって」

彼は言葉を濁し、私は不思議に思ったけれど、それ以上はなんとなく聞けなかった。

そういえば加納君は昔から言葉を濁すのが得意だ。大したことを言うわけじゃないときにも、本人がためらうような内容だと途端に慎重になりすぎて、語尾が重たく途切れがちになるのだ。

私は毛布を顔の前まで引き上げた。席を倒すとシートベルトに邪魔をされて、軽く腰が沈んだだけの中途半端な姿勢になった。

東北自動車道に入ると車の流れは予想していたよりもずっとスムーズだった。あとはこのまま延々と走るだけだと、加納君がのんびりした口調で言った。

スピードが上がってくるといろんな癖のドライバーがいることに気付いておもしろい。うろちょろとひんぱんに車線変更ばかりする車、おそろしい速度で周囲をあおるように駆け抜けていく車に挑発されることもなく、加納君は淡々と運転している。

「哲の荷物を運ぶときに加納君が車を出してくれたでしょう。あのときね、すごく不思議な感じがしたんだ。お互いに子供だった同級生がいつの間にか大人になって、当たり前のように車の運転をしていることが。それはたぶん私にとって、加納君のことが少年のままの印象で止まっていたせいだと思うんだ。哲と付き合っていた時にはあんまり連絡を取らなかったから、よけいにそのあいだがすっぽり抜け落ちていて」

君は、とふいに彼が呟いた。

「まるで今でも哲君がすぐそばにいるような話し方をするんだね」

そんな指摘をされ、私ははっとした。

「気がつかなかった。たぶん、あまりに長く一緒にいたから、空気みたいな存在になっていたんだと思う」

「僕は今その空気を共有しているから、まるで三人で話しているような気がするんだな」

「それってどんな気分なの」

私が訊くと、加納君は苦笑した。

「あんまり気分は良くないな、正直」

「それじゃあ、やめよう」

きっぱり言い切ると、彼は急にフォローするような口ぶりになって
「だけど無理をする必要はないんだよ。いくらでも君が話したいことを喋《しゃべ》ってくれてかまわないから。ごめん、僕はなんだか変なことを言ったみたいで」

「違うの、私もいいかげん気分を変えたいと思ってたから。今回の旅行の日が来るまで、私はまったく哲のことを思い出さなかった。そういうことって久しぶりだったから自分でも驚いたんだけど。それぐらい楽しみだったから、過去の話なんてやめよう」

フロントガラス越しに見える九月の空はどこまでも青くて秋晴れという言葉にふさわしかった。

「そろそろ栃木県に入るな」

横目でカーナビの位置を確認しながら、加納君が目覚めたばかりのような声で言った。

目的地の温泉はだいぶ山奥まで入っていったところにあった。鬼怒川《きぬがわ》の渓流沿いに立ち並ぶ静かな温泉街の中で、ひときわひっそりとした雰囲気の旅館だった。

案内されて部屋に入ると、予想よりも広かったので少しほっとした。

それでもお茶の用意を終えた後で仲居さんが出ていってしまうと、ふいにテーブルを挟んで向かい合っていた加納君との会話が途切れた。お茶の湯飲みを持つ大きな手や、ジャケットを脱いでシャツ一枚に包まれた広い肩にやけに緊張してしまう。

「家族で来たときにはそこまで広く感じなかったけど、一人減るだけでもだいぶ違うんだなあ」

天井までゆっくりと見上げながら加納君が言った。

「いいところだね」

「ここは露天風呂《ぶろ》がすごくきれいなんだ。たしか本館を出て細い砂利道を少し歩いていったところにあるんだけど、すぐ目の前が川で、広々としていて気持ちがいいよ」

相槌《あいづち》を打ちながらお茶菓子は最中《もなか》でかさかさとした白い包み紙を剝《は》がそうとしたら、最中の薄皮がぽろっと畳の上に落ちた。

慌てて指先でつまむようにして拾い上げていたら、その様子を見ていた加納君が低い声で笑った。

屈《かが》めていた上半身を起こしたとき、ふいに目が合って、あんなに誰よりも喋りやすいと思っていたはずの加納君相手に言葉が出て来なかった。

窓の向こうからは川の流れる音がする。だけど実際の川は見えなくて、代わりにまだ緑の濃い樹木が数え切れないほど山の急斜面に立ち並んでうっそうとしているのだけが視界に入ってくる。お茶を飲み終えた加納君が立ち上がった。

温泉に入ってくると告げてタオルや着替えを手にした彼を見送った後、私は和室の真ん中で足を崩し、どうなることやら、軽くため息をついてそんな台詞《せりふ》を呟《つぶや》いてしまった。

温泉を出ると、夕暮れの色が東京よりも濃かった。すぐに日が暮れて暗くなってしまうみたいだ。火照った頬を鎮めるために、浴衣《ゆかた》姿のまま二人で旅館の外へ出てみた。日用品と食料を少しばかり置いている小さな商店が二つほど見つかっただけで、あとホテルや旅館以外には建物はなにもなかった。月が山よりも高く上がっている。風が冷たくて凜《りん》とした空気が山道には立ち込めていた。浴衣の袖口《そでぐち》から腕を伸ばすと、湿っていた肌が乾いていくのを感じる。

「やっぱり東京とは空気がまったく違うね」

息を深く吸い込みながら言い合った。虫の鳴き声は二人の背丈を楽々と越えて夜空まで響いている。遠く山のほうからさざ波のように押し寄せる葉の音。

「そういえば前から聞きたかったことがあったんだ」

なに、と彼はかすかにまばたきして言った。

「どうして私から別れようって言ったときに、加納君のほうが、ごめん、て謝ったの」

「君が別れたくなったのも無理はないと思ったから。僕は自分のことに気を取られていてまったく君を助けることができなかっただろう。だから最後ぐらい謝りたいと」

「加納君はよく、そういうふうにすべて自分の責任みたいな言い方をするけれど、私はべつに助けてほしいとは思っていなかったよ。ただ、いつも君が申し訳なさそうな表情をしていることのほうがつらかった。家族のことだって、あまり両親が上手《うま》くいっていない、いっていない、ていう言葉のくり返しで。君が殻《から》の中にいて、私はいつもその外側にいるみたいだった。大変だったら手助けしたいと思うのは私だって同じだったんだよ」

そう言うと、加納君は苦笑して
「そこが男と女の違いなのかもしれないな。なにか問題があったとき、男の場合はだれかに話したりせずに一人で考えたいと思う傾向が強いらしいんだ。だけど女の人は逆で、話して発散しようとするんだって。君と僕がすれ違ったのはそういう考え方の相違も原因だったのかも知れない」

なるほどね、と私は少し感心して頷《うなず》いた。

遠くの旅館から湯気が立ちのぼっている。その湯気の先をたどると空の闇が濃くなったことを感じた。遠くの山々がシルエットだけになり、一枚の影のように夜空に張り付いている。月だけが明るくなっていく。

「だけど、こんなふうに冷静に語れるようになったっていうことは、あれだね、僕らが大人になった証拠なのかな」

感じの良い笑顔で旅館のほうを振り返りながら、彼は言った。

「今なら」

「そろそろ夕食だから」

二人の声が重なった。最初の台詞が私で、帰ろうという合図のような台詞が加納君だった。すぐに彼が、どうしたのかというふうに続きを促す顔をしたので私は首を横に振った。

そろそろ本格的に夜が訪れようとしている、胃のあたりに空腹を感じた私たちは見えづらくなってきた山道を旅館に向かって歩きだした。

夕食の後、仲居さんが当然のように布団をぴったりくっつけて敷いた。

そのとき、私たちはちょうどビールを飲みながらテレビ番組の怖い話特集を見ていた。

さっと退出しようとしていた仲居さんに、加納君が声をかけた。

「この辺りでも、幽霊が出るなんて噂の場所はあったりするんですか」

軽い口調で尋ねた彼に、彼女はやや真面目な顔で考え込んでから
「私は最近この旅館に来たばかりなんで、この辺りのことは詳しくないんですけどね。だけど以前に埼玉のほうの温泉旅館で働いていたときにはよく聞きましたよ。そこから一番近いトンネルでは夜中になると地元のタクシーもそのトンネルを通りたがらないって。事故があったとか、そういうはっきりとしたことは知らないんですけどね、なんとなく見える人にはぼうっと見えるらしいんですよ」

そんな話を教えてくれた彼女が笑顔で出て行った後、加納君はビール片手に私のほうに向き直って
「そういえば高校生のときにみんなで海へ行ったことがあっただろう。あのときの写真の中に変なものが写っていたの、君は気づいた?」

私は驚いて、どの写真のことかと聞き返した。

「たしか帰る間際に一枚フィルム余っているからって、慌てて全員で写したやつ」

「ああ、あれだったら覚えているよ。だけどべつに変なところはなかった気がするけどな」

「だけど、小笠原の右足の下がぼうっと影みたいになっていて、うまく写ってなかった。あの後すぐ、部活の練習中にあいつが靭帯《じんたい》を切ったって聞いてびっくりしたんだよ」

私は眉《まゆ》をひそめながらビールを口にした。加納君はしらっとした顔をしている。

「もしかして今、私のことをだましてる？」

「なにを言うのかと思ったら、僕が君をだましたことなんて一度もないじゃないか」

「嘘だ。付き合っていたときに、台風一過は、短期間に連続して大小の台風が来ることで漢字だって『台風一家』て書くんだなんて大嘘をついたじゃない。大学に入るまで本気で信じていて、瑛子にものすごく馬鹿にされたんだから」

「君がまさか本当に信じるとは思わなかったんだよ」

言い合いながらビールを飲んでいると次第に頭の奥がぼうっとしてきた。

布団に寝転がると、加納君は真剣な目でテレビの画面を見つめた。布団から見上げる彼は近いようで遠い。浴衣の裾《すそ》からあぐらをかいた両足の、がっしりと強そうな膝《ひざ》がのぞいている。いけないものを見てしまったような気持ちで目をそらしてうつ伏せになった。

加納君は平気なのだろうか、枕に頬をつけるとアルコールと緊張から異様に早くなった鼓動が響いてくる。

「加納君」

呼びかけてみると返事がなくて、私は枕から顔を上げた。

「加納君」

ああ、という感じで彼はテレビから振り返った。

「ごめん。いま『アウトサイダー』をやってたから。つい夢中になっちゃって」

「言ってなかったことがあるの」

その言葉に、加納君は体ごとこちらを向いた。それからじっと私のほうを見た。

「メールが届いたんだ」

きっとアルコールのせいだろう、妙に饒舌《じょうぜつ》になっている。彼に喋《しゃべ》るということよりも、自分がその話を口に出すということ、それ自体に抵抗がなくなっている。瑛子にも話していないことだった。

「哲と別れる直前、私の携帯電話にいきなり女の子からメールが届いたの。哲とは高校の友達の紹介で知り合ったって。私と話がしたいって書いてあったから、なんのことだかまったく分からない、そう送り返したら、哲君は優しすぎるからはっきり言えないんだって。あなたはそれに甘えているんだって。ものすごく腹がたったけど、それよりもショックだった。たしかに別れる間際、私と哲はすれ違うことが多かったし、つまらないことで口論もした。だけど第三者の女の子にそういう印象を抱かせるような話を哲がしていたことを知って、血の流れが止まったみたいに、体が冷たくなった」

彼が立ち上がって、こちらへゆっくりと近づいてきた。私も上半身を起こした。

加納君は冗談みたいに目の前に正座して、弱った動物を見るような目で
「もう忘れたほうがいい。そういうの、すべて、君はもう忘れるべきだと思う」

「ごめん、さっき、もう話はしないって言ったのに」

そう言ってからぼろぼろと泣いた私の体を加納君は抱き寄せた。めまいがする思いで首筋に顔を埋めながら、露天風呂《ぶろ》にそなえつけてあった石鹸《せっけん》の匂いだ、と私は思った。

「いいんだ、そういうのはぜんぶ分かっていて、誘ったんだから」

「本気で言ってるの？」

私は驚いて、彼の胸の中からこもった声を出した。

「うん、僕は君とこんなふうに話ができる日が来て本当に嬉《うれ》しいんだ。だからなにもあせる必要はないんだよ。ゆっくりいこう」

相槌《あいづち》を打つと、彼は私の耳の後ろ辺りに一度だけ軽く唇を当てて、それからすぐに体を離していつもの顔で笑った。

目覚めると、一緒の布団で加納君が眠っていた。そっと布団を捲《めく》ってみると、どうやら手をつないだまま眠ってしまったようで、左手が彼の指にまだしっかりと絡まっていた。

洗面所で歯磨きをしていると、加納君がのんびりとあくびしながら起きてきた。軽くはだけた浴衣《ゆかた》の胸元を合わせもせずに、重たいまぶたを擦《こす》りながら私の背後から鏡をのぞき込んだ。

おはよう、とだけ短く言って、私は口の中で音を鳴らしながら歯ブラシを動かした。

あれからなにもなかったのが不思議なぐらいで、だけどゆっくりいこうという言葉にびっくりするほど気持ちが落ち着いていた。

まだ早いうちに旅館のチェックアウトを済ませた私たちは、絶景の見える吊《つ》り橋が近くにあるという話を聞いて、行ってみることにした。

まだ朝もやが残る山の中、私たちは車でだいぶ山奥まで進んだ。

幾度となく急カーブに酔いかけたとき、吊り橋の近くに車は到着した。

目の前にまっすぐに伸びた鉄製の吊り橋は頑丈という言葉では足りないほどの近代的な造りだったが、それでもその遥《はる》か下を流れる川、深い谷底に視線をこらすと、足元が急に不安定になって地面がふらついたような錯覚に陥る。

となりに立っていた加納君を見つめていると
「せっかくだから行ってみよう」

彼がなんでもないことのようにあっさりそう言ったので、私はちょっと癪《しゃく》に障った。

「私は怖いからここにいるよ。加納君が一人で歩いてきなよ」

強い口調で返したのに、彼は私の言葉を聞き流して、行こう、とくり返した。

ふたたび抗議しようとしたとき、彼が私の手を取った。あれっと思っているうちに腕を引かれてゆっくり吊り橋を歩き始めた。

一歩一歩進むうち、目の前にぐっと景色が開けてきた。足の下に広がる、めまいがするような山間《やまあい》の渓谷は朝の光を浴びてなにもかもが輝いていた。それもまだ熱を持っていない、冷たいまっさらな白い光だった。頬がかすかに乾いてひりひりしているのを感じる。つないだ手の力が遠慮がちで、その微妙な距離感が昨夜の彼の台詞《せりふ》を思い起こさせた。まっとうな人だと思った。ずるいことができなくて、正しさばかりで、意固地で頑固で、そのことに本当に救われていた。

加納君が軽く身をかがめて地面に落ちていた石を拾い、橋の上から遠い川に向かって投げた。

「真上から見下ろすと実感ないのに、こうすると滞空時間が長くてびっくりするな」

「そうだね」

「君と来れて良かったよ。楽しかった」

その一言に、私は思わず彼の横顔を見上げて
「ありがとう」

はっきりした声で告げると、加納君はちょっと不思議そうに
「どういたしまして」

なんとなくきょとんとした目でこちらを見た。私は首を横に振った。

「ありがとう」

今度ははっきりと怪訝《けげん》な表情を見せた加納君に、私は、ありがとう、と何度もくり返し続けた。


帰りの高速道路は来たときよりも混雑していた。ゆるい速度で走っていく車内で、熱いほどの夕暮れをまぶたに感じながら、私はいつの間にか眠りについてしまっていた。

肩を揺すられて目覚めると、途中のインターチェンジだった。ずらりと並んだ飲料水の自販機が食堂のすぐ横にあったので、トイレに立ち寄った後にお茶を買って飲んだ。

白っぽい壁ばかりが目立つ食堂のテーブルには、長距離トラックの運転手らしき中年の

男性が数人いるだけで、テレビから聞こえる音以外は、とても静かだった。

「そういえば、ここでお土産を買っていかなきゃ。東京に戻ったら瑛子に渡すから」

なんとなく売店を歩き回っていたとき、そう呟《つぶや》いたら
「だけど佐伯さんが好きそうなものなんて、ここには売っていない気がするけど」

「分かってるよ。そこをあえて、嫌がられるくらい趣味に合わないものをあげようと思って」

そう言い切ると、加納君は大きな声で笑った。彼は意外にそういう下らないイタズラのようなことが好きだ。

「だけど君たちも仲がいいな。喧嘩《けんか》したりしないの」

「時々、私が瑛子に叱られることはあるけど、口論になったりすることはあんまりないね。それに彼女とは昔、もしも喧嘩になったら一発ずつ相手の頬を叩《たた》いて終わりにしようという約束を交わしたことがあってね」

「その光景を想像すると本気で怖いな。実行に移したことはあったの」

「一度だけね。高校生のときに、お互いの恋愛観について話していたら食い違ってきて、どちらも一歩もゆずらない膠着《こうちゃく》状態になったときに」

「恋愛について喋っていたぐらいで、そんなに険悪になったの」

彼は笑い、私もつられて笑いながら、まだ高校生だったから、と答えた。

「だけど、実際にそんな喧嘩をしても友情が続くところがすごいな」

「だけどその喧嘩の後は、さすがに私も不安になって、瑛子に聞いたんだ。私と友達をやめようと思ったりしなかったかって」

「そうしたら、彼女はなんて?」

次の言葉を口に出す一歩手前で、私は軽く照れた。

「私はたとえば真琴が人を殺したとしても理由によっては友達でいるって。今でもよく覚えている」

「なんだか告白みたいだな」

「そうだね。つい嬉しくて、どうして瑛子が男じゃないんだろうって言ったら、なんだかむっとされちゃったけど、でも私は本当にそう思ったよ」

車に戻ると、暗闇に紛れてどれが彼の車か分からなくなっていた。あれでもない、これでもないと言いながら中をのぞき込んで探した。ようやく見つけて乗り込むと、加納君が座席を軽く倒して、ちょっと眠ってもいいかと尋ねた。

「三十分だけ眠らせてほしいんだ」

「いいよ、私は本でも読んでるから」

彼は本当にすぐに眠ってしまった。うっすらと唇が開いているのに、寝息がほとんど聞こえてこない。あまりに微動だにしないので死んでいるのかも知れないと思うほど静かな寝顔だった。

私は後部座席から毛布を取り、出発前に彼からそうしてもらったのと同じように体に掛けた。

しばらく一人でぼうっとしていたけれど、スカートから出た膝《ひざ》のあたりに薄ら寒さを感じて、自分のほうにも半分ほど毛布を引っ張った。すると今度は加納君の右足が出てしまったので、手を伸ばしてふたたび掛けた。バランスを崩してしまいそうになって、なんとか体勢を立て直した後、一人でなにをやっているのだろうと思って少し笑った。

助手席の背もたれに寄りかかって、柔らかな毛布の表面を撫《な》でながら、色々なことを思い出していた。哲と別れたときのこと、長かった数ヵ月、漁港で加納君と交わした言葉、思い出すとまだ痛いのに、それでも欲しかった穏やかさが今ここにある。

東京に戻ったらすぐに大学が始まる。旅行から戻ってからも、私と加納君はこんなふうに会い続けるのだろうか。だけど千葉は近いようで遠いなあ、そんな取り留めないことを考えながら、次第にまぶたが閉じそうになってきて、ひとまず十五分だけ眠ろう、そう思って私は携帯電話のアラームをセットした後、毛布を肩まで引き上げてそっと目を閉じた。

夏めく日

台風の日だった。夏休みの少し前、遅くまで学校に残っていたら教室の蛍光灯が点滅して、天井を仰いでいるとドアが開いた。

「なんだ、まだ残ってたのか」

私は石田先生のほうを見た。

「数学の宿題が終わらなくて。今日の五時までなんです」

石田先生は黒板の上の時計を振り返ると、苦笑いした。そんなふうに表情をくずすと、もともと大きくない目がよけいに細くなる。

「あと一時間もないけど」

分かってます、と私は握っていたシャープペンシルを転がした。

「先生、答えを教えてくださいよ」

「高校生の数学なんてもう分からないよ」

そう言いながらも彼はこちらに近づいてきて私の手元をのぞき込んだ。よく見るとワイシャツではなく、白いポロシャツの上に灰色の背広を着ている。

石田先生の口から、三角関数か、とため息のような台詞《せりふ》が漏れた。

「ちょっと教科書を出して」

自分でやるようにと逃げられるかと思ったのに、そう言われたので数IIの教科書を渡した。

窓を打つ雨はドラムのリズムのように弱くなったり強くなったりしながら、それでも途切れることなく続いている。

「先生はなにか用事ですか」

財布なくしちゃったんだよなあ、というおっとりとした声が頭の上から降ってきたので、私は思わず眉《まゆ》を寄せた。

「大変じゃないですか」

「うん。教卓の中かと思ったけど違うみたいだし。現金も運転免許証も入ってたんだよ」

「まずいじゃないですか」

「そうだよな。まずいよなあ」

まずいというわりには口調にちっとも切迫感がない。教科書をめくる人差し指にはバンソウコウが巻かれていた。

彼の協力で、どうしても分からなかった最後の問題を解くことができた。時計を見上げて大きく息をついてから、お礼を言った。

図書室まで授業で使う資料を探しに行くという石田先生と一緒に、私はノートと荷物を持って教室を出た。

「間違っても俺が手伝ったことは言うなよ」

窓をきっちり閉じた廊下は湿気が多く、シャツの背中にうっすらと汗がにじんでいくのを感じる。二人の足音が響いていて、彼のほうがサンダルのようなものを履いているので少し音が高い。

「先生ってすごくいいかげんなところもあるのに、生徒に対しては熱心ですよね」

「誉めてるんだか、けなしてるんだか」

彼は苦笑して呟いた。

「春の個人面談のときも、私の成績とか全然把握していなかったうちの親を相手に、娘のことにもっと関心を持ってくださいって机を叩いたじゃないですか」

ああ、と彼は恥じ入るような調子で声をあげてから頭を掻《か》いた。

「あれはやりすぎだったよな。テレビドラマの熱血教師みたいで。俺さ、家に帰ってから冷静に思い出したら、恥ずかしくて思わず身もだえしちゃったよ」

私は声をあげて笑った。それからふっと笑うのをやめて

「どうして先生のほうがいなくなるかなあ」

思わずそう呟《つぶや》くと、彼は困ったように笑った。

「しかたないよ。どちらかは異動しなくちゃならないんだから」

石田先生は今年の夏に結婚する。相手は地理の片倉《かたくら》先生だ。式場の予約に手違いがあって、六月の花嫁になりそこねた。

美人だけどちょっとギスギスした雰囲気の人で、自分が黒板を使うときに前の授業の内容が消えていないと、わざとその上から重ねて文字を書いたりする。

「そんなに嫌がるなよ。片倉先生だって一生懸命なんだからさ。この前のことだって」

石田先生は喋《しゃべ》りかけて言い淀《よど》んだ。

「片倉先生の具合は、大丈夫ですか」

「まあ、三針縫った程度だから傷そのものは大したことないけどさ。あれから部屋にいるときまで触れる物にビクビクするようになっちゃって」

本当は気が弱い人なんだよ。そう付け加えた彼の声は優しかった。

「あの人、この前、折れて短くなったチョークを見て、自分みたいだって言ってました」

私の言葉に石田先生は意味が分からないという顔でまばたきしていたので、なんでもありません、と言って目を伏せた。

職員室の扉を開けると、数学の先生はすでに帰宅しており、机の上に宿題のノートが山積みになっていた。

「なあんだ」

図書室の鍵《かぎ》を取りに行っていた石田先生に、職員室を出てから私は小声でささやいた。

「あれなら明日の朝に出しても間に合いましたね。なんだか損したな」

「まあまあ。それでも終わったんだから良《い》いだろう」

なだめるように告げて、彼は図書室へ行くと言ったので
「先生、お礼にコーヒーを奢《おご》ります」

私が廊下の隅に設置された自販機を指さすと、生徒に奢ってもらえないよ、と首を横に振られた。

「いいから。どうせ、もうすぐ異動なんですから」

そう押し切って私は自販機まで走った。鞄《かばん》から小銭入れを取り出して百円玉を見つけたが、なぜか何度入れても戻ってきてしまう。

困っていると石田先生がやって来て自分のポケットから出した小銭を入れた。

「お金、あったんですか」

驚いて振り返ると

「昼に同僚の先生に千円だけ借りた」

結局、私のほうが彼に奢ってもらうことになってしまった。

「そういうテクニックだったのか」

などとからかわれてちょっと項垂《うなだ》れると、すぐに冷たいサイダーをこちらに差し出して
「いいよ。佐伯はいつもマジメでえらいから」

そう言われて胸の奥がかすかにきしんだ。

「先生」

よく冷えたサイダーの缶は水滴がびっしりとついて指先を濡《ぬ》らした。どこもかしこもびしょ濡れだ、そう心の中で思いながら缶のプルタブを開けた。

「私も図書室までついていっていいですか」

いいけど司書の先生がいないからって盗むなよ。そんな失礼なことを言って、石田先生は階段を上がった。

図書室のテーブルと椅子はどれも平等に傷んでいる。飲みかけのサイダーをテーブルに置くと、足の長さが不揃いなために、がたっと鳴って揺れた。

校舎の中でもっとも日当たりが悪い図書室は涼しい代わりにカビ臭い。石田先生は全集の棚の前をしばらくうろうろ歩き回っていた。私はしばらく新刊をながめていたが、さほ

ど興味のないものばかりですぐに飽きてしまった。

窓のそばに立つと、色あせて黄ばんだカーテンの隙間から薄暗い校庭が見える。若葉をつけた銀杏《いちょう》の樹木が強風にあおられてはげしく揺れていた。

「なかなかやまないですね」

そういう言葉、とふいにこちらを向いて、なにかを発見したような顔付きで石田先生が言ったので、私はちょっと眉を寄せた。

「なんですか」

「そういう他愛《たわい》ないことを言うときでも、おまえはちゃんと敬語なんだよな」

最近は教師相手にみんな平気でタメ口だからなあ、と先生はおっとりした口調で呟いた。

片手に分厚い本を摑んでいて、黒ずんだ背表紙には、とりかへばや物語、という文字が刻まれていた。

「逆に言えば、そういうところがよそよそしいというか、教師と生徒の距離を感じてなんとなく淋《さび》しくもあるんだけどな」

いやですよ、と私はぼそっと言った。

「生徒が教師にタメ口なんて気持ち悪いです」

「気持ち悪いってことはないだろう」

そう反論してから、彼はふと思い出したように背広のポケットにしまっていた缶コーヒーを出した。

「もうあんまり冷たくないな」

「石田先生は、言葉遣いさえ親しげだったら教師と生徒の距離が埋まるなんて本気で思ってるんですか」

「なんだか今日はやけに突っかかるなあ」

彼は苦笑してコーヒーを飲んだ。喉仏《のどぼとけ》が動く。顎《あご》にはうっすらとヒゲの剃《そ》り残しがある。

「そろそろ帰るか」

「石田先生」

「どうした」

「抱き着いていいですか」

「なんだ、おまえは」

あきれたような声が数メートル離れた場所から飛んでくると、ちょっとがっかりした。棚のほうへ歩いていくと、床に映った制服のスカートの影が小さく波打っている。石田先生は軽く後ずさった。

「冗談ですよ」

私は憮然《ぶぜん》として言った。
彼は頭を掻《か》きながらまだこちらをうかがうように黙っていたが、ふいに、おまえ、と潜めた声で呟いて
「バレンタインデーにくれたチョコは、もしかしてそういうことだったのか?」
「違いますよ。べつに先生のことが好きなわけじゃないです」
そう答えたら、彼はすっかり困惑したような顔で
「じゃあさっきの発言はどういう真意だったんだよ」
「そう言ったらどんな反応をするのか興味があっただけです。漫画の中とか、不自然なくらい展開が早くてお互いに物分かりが良くて変だったりするでしょう」
今度ははっきりとあきれた調子で笑われたので、私もつられて少し笑った。私はテーブルの上に腰掛けて軽く足を組んだ。行儀が悪いと叱られたので
「距離が縮まったでしょう」
と言ったら、彼も苦笑しながら椅子を一つ引き出して残っていた缶コーヒーを飲んだ。
「私、ふられちゃったんですよ」
そう自己申告したら、ちょっと心配するような目でこちらを見上げて
「三組の大垣か」

「それはだいぶ前に別れました。先生の情報って遅いですね」

　悪かったな、と彼は本気でちょっと気分を害したようにうつむいた。つむじが見える。左巻きだ、と思いながら空中で人差し指を動かしてみた後、振り返ると本の貸し出しカウンターの奥には黄色い小さな電気ストーブがまだしまわれずに残っていた。

「先生」

　ふたたび石田先生のほうを見ると、なんだ、と言って彼も顔を上げた。

「抱き着くなよ」

「違いますよ」

「それじゃあ、どうしたんだよ」

　次の言葉を口に出そうとした瞬間、テーブルについた自分の手がかすかに震えていることに気付いた。気付いたことによけいに動揺して息が詰まりそうになる。冗談で抱き着きたいと言ったときよりも、数倍、全身の血液の流れが早くなる。

「そろそろ帰ったほうがいいんじゃないか」

「私と手をつないで図書室の中を歩いてくれませんか」

　二人の台詞《せりふ》がほぼ同時に重なった。

　また笑い飛ばされるかと思ったのに、石田先生はふいに緩めていた口元をしめ直すと、まばたきもせずにこちらを見た。クラスの子がイジメられていると知ったときもたしかこんな顔をしていた。その途端、背骨をすっと強い震えが上がってきた。

私はしばらく空中に足をほうり出したまま、途方に暮れていた。窓の外には本格的に夜が訪れ始めて、床に落ちた影がさきほどよりもずっと濃くなっていた。

歩調は遅く、足取りは重かった。

自分が希望したことなのに、言葉のない窮屈さに息が詰まりそうになった。右手が汗ばんでいるのを悟られないか、そんな不安ばかりが頭の中をよぎっていく。

石田先生の手は痩《や》せているのに関節が太かった。彼の巻いたバンソウコウのカサカサとした感触がこちらの指の腹に伝わってくる。柔らかいはずなのに刃物が刺さるように感じる。相手の指先のちょっとした動きにも心臓が反応してしまい、体中の細胞が手のひらに寄り集まって無数にうごめいているみたいだった。嬉《うれ》しさよりも、恐怖に近い緊張感に浸されていた。

すぐとなりに立った彼からは同級生の男の子とは違う匂いがした。落ち着いた、だけど少し天気の悪い日に干した洗濯物にも似ているような。背広からではなく首筋辺りからそういう気配が漂っていて、先生って何歳でしたっけ、そう訊《き》いたら、今年の夏で二十九、という妙に素っ気ない返事が返ってきた。

図書室を二周ほど歩いたところで、私は、もういいです、と手を離した。そして苦しいものから解放されたような思いで軽く息をついた。

彼も少しほっとしたように身を離すと、図書室の貸し出しノートに自分の名前を書き込んでから本を片手に扉を開けた。

「気は済んだか？」

廊下を歩き始めたときには、もう何事もなかったかのような顔で石田先生は笑っていた。

私は困惑して黙ったまま足元を見ていた。

気が済んだかと問われればハイとも言えるし、そもそも最初から気なんか済ませられるものだったのだろうか。そんなふうにも感じた。

「若い頃はさ、身近にいる大人が特別に見えるものだよ」

「だから違いますってば」

扉を閉める彼の手を一瞬だけ見た。彼の手のひらはずっと乾いていた。

「私は石田先生が好きだったんじゃなくて、片倉先生が嫌いだったんです」

そう言うと、彼は黙ったまま苦笑いした。

私は職員室の前で別れを告げた後に、ふと彼を振り返った。

「先生」

はいはい、と彼は感じの良い笑顔で答えた。

「今度はなんだ」

「片倉先生の授業の前に、黒板消しにカッターの刃を貼り付けたのは長井さんです」

石田先生の顔が一瞬にして強《こわ》ばった。

そうか、と深く息を吐いてから
「あいつはとくに彼女に対して反抗的だったからな。教えてくれてありがとう」

どういたしまして、とかすかに緊張しながら会釈する。脳裏に、黒板消しを握った瞬間に床にこぼれ落ちた片倉先生の血が一瞬だけ思い起こされた。

空になったサイダーの缶をごみ箱に放ると、乾いた音をたてた。

下駄箱《げたばこ》で靴を履きかえて校門を出ると、ようやく雨が弱くなっていた。勢いよく傘を広げて駆け出すと、水たまりに茶色い革靴が飛び込んで靴下にまで水滴を跳ね返す。

あのことを言うのを忘れた、と気づいたときにはもうだいぶ学校を離れた後だった。振り返ると暗い夕方の中に街灯がついて、空中の細かな雨を映し出している。ぼんやりと遠くに大きな校舎の屋上だけが見えていた。

お昼の時間に校内放送でかかっていた曲。五時間目の授業前に彼が歌っている歌手の名前を知りたがったこと。女の子たちに、石田先生は感覚が若い、とからかわれて結局うやむやになってしまっていた。

あの曲を放送委員にリクエストしたのは私なんです。良かったら今度CDを貸します。いつか二人きりになる機会があったら伝えようと思っていたのに、すっかり目先の欲求が先行して忘れていた。

これじゃあダメだ。情けなくなって思わず私は苦笑した。若い頃は、なんて言われてしまうのも無理はない。

その曲を口ずさんでみる。

You got a fast car I want a ticket to anywhere……ちょっとだけまぶたがぼんやりと温かくなったけれど、すぐに柔らかい風に冷やされて熱を失った。

長井さんにカッターの刃を貼るように提案したのが本当は私だと知ったら、石田先生はどんな顔をするだろう。

そのときこそ私は、あなたの好きでも嫌いでもないマジメな生徒たちから抜け出すことができるのでしょうか。

あいかわらず雨の降り続いている帰り道を私はふたたび歩きだした。

明日になったらきっとまた私はいつも通りの顔で学校に行って、おはようございますと石田先生にあいさつをする。

あとがき

お菓子の詰め合わせのように、少しずつ味や食感の違う短編集にしようと思いました。電車やバスでの移動中、入浴中や眠る前など、いつでも気軽に手に取って楽しめる本になればいいな、という願いを込めた一冊です。

登場人物たちの個性を初めて強く意識した作品でもあります。とくに針谷君と一紗の物語は、これまでの作品に比べてコミカルな面が強く、心配な部分もあったのですが、単行本で読んだ方々からはどうやら無事に受け入れられているようで、ほっとしました。

他人から見ればささいな出来事でも、その人にとっては乗り越えがたい痛みとなることは数え切れないほどあります。

どうか皆さんが、一秒たりとも止《とど》まることのない日々にひそむ悲しみや痛みを、無理に押し込めることなく、ゆっくりと受け入れることで、やがて温かいものへと変えていけますように。

今作の文庫化までに、マガジンハウスや角川書店の担当さんたちに大変お世話になりました。あらためてお礼を申し上げます。そして可愛すぎるイラストを装丁のために書き下ろしてくださった植田真さん、本当にありがとうございました。

そして最後に読者の皆様、いつも本当にありがとうございます。作家としてデビューして早八年、今もまだ書き続けることができている私はすごく幸せ者だと思います。

それではまた、次の単行本や文庫でお会いしましょう。

２００８年12月11日

島本　理生

解説「十六分四十一秒の日々」

中《なか》村《むら》　航《こう》

大抵の子供は、ひとつ、ふたつ、みっつ、と順に数を覚えていく。これはひとつ、これはふたつでしょ？　そんなことを繰り返しながら、ちびっこはやがて身の回りの物の数を、指を折り、数えることができるようになる。そしてここのつやとう、という、大きなゴールにも到達するのだけど、そういうのはとても凄《すご》いことだと思う。

時が経ち、ひとつを一と言い換え、とうを十と言い換える頃、ちびっこはそこに続きがあることを知る。十の次には十一というものがあり、十二や十三がそれに続き、十四や十五もある。そして十九の先に二十というものがあることを知る。同じように三十を知り、四十や五十も同じことだと理解し、やがて百に達することになる。

そして僕は驚愕《きょうがく》した（というのは、このあたりから記憶が残っているからだ）。僕は百まで数を数えることができるようになったわけだが、これはそのことに対する驚きではない。十より大きな数があって、ゴールが百だということは、前からちゃんとわかっていた。

本当の衝撃はその後にあった。

百の次が、百一になる！

当時、百というのはかなり大きな数字であり、また、大きなゴールでもあった。だけど百の次は百一だという。終わりだと思った世界にはまだ続きがある！　そのことを知って、僕のテンションはかなりあがったと思う。

百一、百二、百三……。なるほどその続きは、今まで通ったことのある道とよく似ていた。百九十九まで来ると、次が二百になるということはまた、かなりの驚きだったと思う。二百！　それは百が二つ分もある巨大な数字だ。そしてその次は、やはり二百一だという。凄い！

このあたりで、桁《けた》というものに対する理解も深まっていった気がする。実際に二百以上の数を数えることとなんてなかったけど、三百や四百があることは簡単に理解できた。七百や八百という膨大な数も理解した。そしてその先に千があることを知る。

当時、千というのは、巨大で超ド級な数字だった。だって千である。それはマンモスでエベレストで天文学的な数字だ。

自分はもの凄いところまで来てしまったと思った。確かに僕はまだまだ未熟で、小突かれたら泣いてしまうし、夜が恐くて眠れないこともあるし、あんまり辛いものは食べることができない。だけど千まで数を数えられるのに、子供というひとくくりにするのはどうなんだろうかと思った。

だけど千の次にも、当たり前のように千一という続きがある……。

千一の次は千二で、その次は千三。実際に順に数えて確かめたわけではないけど、その後にも数は続く。ずっと続く。やがて僕も、永遠という概念を知る。

『一千一秒の日々』という島本理生さんの小説を読んだ。

一千一秒と聞いて、僕は最初、ポケットの中の永遠、という言葉を思い浮かべた。一千一秒という言葉にはそんなイメージがあって、それは多分、「秒」という瞬く間を表す単位に、「千」という手にとって数えるには大きい数が、組み合わされているからだろうと思う。実際には、一千一秒というのは、十六分と四十一秒のことだ。

一千一秒というのはつまり、本当は、コーヒーを淹《い》れて飲むような短い時間なのだ。何もしなければ気付かずに過ぎていくような時間。だけどそれは人が本当に大切にできる、ぎりぎりいっぱいの時間なのかもしれない。

生きていれば、ある一千一秒のために、自分の十年があってもいい、と思えることだってあるかもしれない。思い返せば僕にもやっぱり、そんな一千一秒がある。大切に覚えていようと思うことも、大抵はこれくらいの時間のシーンに凝縮されているのかもしれない。

この一千一秒の日々という言葉は、僕が本を読んでいる間、そこに描かれている人物や全ての事象を、見守るように、祈りのような言葉として居座ってくれていた。きれいで優しくて、清冽《せいれつ》な言葉だと思う。

「風光る」。冒頭の短編を読んで、僕は本のタイトルに島本さんが込めたかもしれない思いが、いっぺんにわかった気がした。

四年間続いた恋人との別れが、私の視点から描かれている。差し迫った感情や、二人に影を落とす問題が、それとは書かれないで、筆致だけで表現されている。薄れていく恋情や、そのことを受け入れたくないという感情や、だけど受け入れるとわかっていること。それらの全てがラストシーンで放たれるまで、じっと息を潜めるように、一文字一文字に宿っている。

その私（真琴）に対して恋心を持ち、だけど届かないと自ら認めている瑛子の視点が、「七月の通り雨」では描かれている。ここに、ちら、と出てくる太った男が次の「青い夜、緑のフェンス」では主人公になっている（何故だか島本さんは太った男を描くのが、とても上手いと思う）。それから、「夏の終わる部屋」、「屋根裏から海へ」、「新しい旅の終わりに」と、魅力的なタイトルの小説が続くのだけれど、それぞれ他の小説と相関のある人物が登場して、読み手を楽しませてくれる。

登場人物は、それぞれの立場やそれぞれの関係性の中で、自分の恋心への対処や、相手の恋心への対応が、とても誠実で丁寧だ。この小説群では、恋心を持つ主人公だけではなく、持たれる主人公も描かれている。

届かない恋情を持てあます主人公は、とても切ない。だけど恋情を持ってしまった誰かを思う（それを受け入れることのできない自分を思う）のは、とても哀しいことだ。登場人物たちは、恋というエゴイスティックな情動を、持てあまして、けれども肯定して、優しく尊重している。

不完全でもいいじゃないか、と思う。隙があってもいいじゃないか。優しく尊重している、というのが美しいじゃないか、と僕は思った。

全編を通して、大学生の男女の会話が愉快だ。時折挟まれるちょっとした描写が魅力的で、それから「不図《ふと》」という感じに起こることが、とても好きだ。

例えば「七月の通り雨」で、家に帰った主人公は、母親に風呂場《ふろば》を掃除してくれと頼まれる。本筋とはあまり関係なく、ふと始まったこのシーンで、怪我をした主人公は風呂場のカビを消していく。その様子は、直後に描かれる心理描写と重なっていくのだが、こういうのは心情を描くためだけに用意されたシーンではないと思う。それはもっと雄弁で強度のある「不図」になっていて、ああ、瑛子さんは、風呂場を洗ったんだよなあ、と、いつまでも心に残る印象的なシーンだ。


『一千一秒物語』で、稲垣足穂はいくつもの不可思議で幻想的な物語を紡ぎ、松田聖子は空のペイパームーンが銀のお月様だと歌った。

秋風一夜百千年、と一休さんは言ったらしいけど、これは、秋風の中であなたと過ごす一夜は、百年、千年の歳月にも値するものだ、という意味らしい。

大切で、愛《いと》おしくて、けれども永遠の一部として過ぎ去っていく日々を捉《とら》えたい。島本さんは日々に宿る瞬間の永遠性みたいなものを、この小さな物語の連なりとして、軽やかに、丁寧に、そして案外ユーモラスに、切り取って見せてくれた。

とっても面白かったです。この解説が小説の邪魔になりませんように、と願ってます。

この作品は二〇〇五年六月、マガジンハウスより刊行されました。

本文中、以下の作品から引用があります。

『Fast Car』(作詞・作曲 Tracy Chapman)

一千一秒《いっせんいちびょう》の日々《ひび》

島本理生《しまもとりお》

角川文庫 15566

平成二十一年二月二十五日 初版発行

発行者—井上伸一郎
発行所—株式会社角川書店
東京都千代田区富士見二—十三—三
電話・編集 (〇三)三二三八—八五五五
〒一〇二—八〇七八
発売元—株式会社角川グループパブリッシング
東京都千代田区富士見二—十三—三
電話・営業 (〇三)三二三八—八五二一
〒一〇二—八一七七
http://www.kadokawa.co.jp
印刷所—旭印刷 製本所—BBC
装幀者—杉浦康平

し 36-2 ISBN978-4-04-388502-2 C0193

角川文庫発刊に際して

角川源義

第二次世界大戦の敗北は、軍事力の敗北であった以上に、私たちの若い文化力の敗退であった。私たちの文化が戦争に対して如何に無力であり、単なるあだ花に過ぎなかったかを、私たちは身を以て体験し痛感した。西洋近代文化の摂取にとって、明治以後八十年の歳月は決して短かすぎたとは言えない。にもかかわらず、近代文化の伝統を確立し、自由な批判と柔軟な良識に富む文化層として自らを形成することに私たちは失敗して来た。そしてこれは、各層への文化の普及滲透を任務とする出版人の責任でもあった。

一九四五年以来、私たちは再び振出しに戻り、第一歩から踏み出すことを余儀なくされた。これは大きな不幸ではあるが、反面、これまでの混沌・未熟・歪曲の中にあった我が国の文化に秩序と確たる基礎を齎らすためには絶好の機会でもある。角川書店は、このような祖国の文化的危機にあたり、微力をも顧みず再建の礎石たるべき抱負と決意とをもって出発したが、ここに創立以来の念願を果すべく角川文庫を発刊する。これまで刊行されたあらゆる全集叢書文庫類の長所と短所とを検討し、古今東西の不朽の典籍を、良心的編集のもとに、廉価に、そして書架にふさわしい美本として、多くのひとびとに提供しようとする。しかし私たちは徒らに百科全書的な知識のジレッタントを作ることを目的とせず、あくまで祖国の文化に秩序と再建への道を示し、この文庫を角川書店の栄ある事業として、今後永久に継続発展せしめ、学芸と教養との殿堂として大成せんことを期したい。多くの読書子の愛情ある忠言と支持とによって、この希望と抱負とを完遂せしめられんことを願う。

一九四九年五月三日